내 영혼의 신발

딸에게 주는 편지

내 영혼의 신발

딸에게 주는 편지

이미재 지음

민음사

차례

글머리에

　『내 영혼의 신발』은 2000년 여름 초고하였다가 긴 산고 끝에, 이제 빛을 보일까, 망설이다가 자명종을 크게 틀었다.

　이 글은 홀로 서야 했던 열다섯 살이 미처 못 된 딸의 서정을 시간 속에 남긴 10대 성장의 순수한 자유와 의지다. 바로 그 시절 1996년 가을부터 2000년 봄까지 보낸 편지와 회상으로 엮었다.

　어쩔 수 없이 우리 사회를 지배하고 만, 오로지 "공부해."라는 부모 자식 간의 운명을 하늘은 이 사람을 비껴가게 해주셨다. 그 순간적인 각오와 결정에 대해서는 지금도 아찔할 만큼 감사한다.

　누구에게도 그 길을 비껴갈 수 있는 순리의 기회와 아이 스스로의 결정이 주어진다면 언제라도 비껴가라 권하고 싶다. 그러나 억지와 무리는 화를 자초할 수 있다. 이는 내가 아이와 함께 지나온 수년간의 경험으로 미루어 감히 말할 수 있는 분명하고도 중요한 사실이다.

인간은 돈도 명예도 권력도 심지어는 자유까지도 잃어버릴 수 있다. 그러나 지식만큼은 유일하게 영원하다. 세상을 둘러 보라. 당대도 지키지 못하고 넘어가는 명예와 권력과 부(富) 의 상징들이! 또한 살기 위해 비굴해야 하는, 그래서 자유마 저도 속박당하고 잃어야 하는 현실이 얼마나 비일비재한가? 그러나 인간의 머리 안에서 숨 쉬는 지식과 그 지식으로부터 의 사고(思考)는 지혜와 여유를 생성시키며 누구도 빼앗지 못 하는 자리에서 숨어 사느니라.

바로 그것만이 자신이 소유한 진정한 재산이고 명예고 힘이 니라.

이 힘이 자신의 일생을 바르게 인도하는 사륜마차니라.

그래서 배움은 바른 교육으로부터 영원의 가치를 창출하는 힘 있는 투자니라.

"……세상은 확실히 넓고, 홀로 눈물 젖은 빵을 먹어보지 못한 사람은 인생의 소중함을 잘 알 수 없느니라. 그 홀로의 외로움이란 자기 공간 속에서 인생의 참모습을 크게 바라보며, 좋은 생각으로 자기 안정의 긍정적인 삶을……."

감히 이르면서, 진정한 외로움은 사람의 생각을 깨우고, 그 뒤 성장한 애정과 희생은 사랑이 아름답고 우주의 전부인 것을 깨닫게 하는, 인생 길잡이를 희망하면서 자명종을 멈추고 산고의 기도로 이 글을 내보낸다.

아이의 찬란한 10대의 자유와 의지, 그리고 고독,
이 모든 것에 대하여 사랑하며 행복했던 순간 시간들,

이 모두의 꿈같은 영광을 우리는 누구를 무엇을 위해 되돌릴 수 있을지…….
그것은 삶의 빚이다.
반드시 사회로 되돌려 보내주어야 한다.
나는 오늘 아이에게 바로 이것을 가르치려 한다.
자신과 사회와 세상을 위해 일할 수 있는 의지로 세상을 보라고.
그래서 세상이 필요로 하는 사람이 되라고.

매일과 같은 일상으로 일기 쓰듯 쓰여진 편지는, 자식이기에 줄 수 있던 말이었고 어미이기에 할 수 있던 말이 모이고 쌓여 한 권의 소설 같은 책이 되었다. 이는 자식을 통해, 쉽게 자식의 '가르침'을 통해 정화되는 과정에서 내가 다시 깨어나고 있다는 생각으로 마침내 지배되었다.

고단했으나 참으로 감사한 길고도 짧은 시간이었다고 밝히고 싶다.

많은 시간 끝도 없이 줄 수 있었던 자식에 대한 선물(편지)은, 결국 '줌'으로써 이미 다시 되받고 있음을 실감했다.

정화되어가는 시간들 앞에 무엇도 비우고 버릴 수 있던 마음, 때로 쌓아놓은 자기 앞의 생에서 수동적이었어도 그에 합당한 기회들이 도처에 기다리고 있었다는 현실, 그래서 또 다른 인생 체험으로 항해하고 있다는 것을 알아차렸다.

이는 인생의 가도에서 자란 삶의 휴식과도 같은 여유였으며, 삶의 많은 것을 초월하고 떠날 수 있는, 자기만이 소유할 수 있는 힘이었다.

그 힘은 결국 언젠가 터미널을 향해 소신껏 떠날 수 있는 무덤이라 말하고 싶다.

어느 날, 문득 내가 50 중반을 살아내고 있다는 현실을 실감하면서, 다시 나를 향해 묻지 않을 수 없는 마음이다.

가다가 가끔씩 내 숨소리에 놀라면서, 사람의 하루들을 물어본다. 그 물음은 다시 산다는 계속으로 의미해도 되겠다.

가슴에 이는 바다비바람을 맞고도 떠날 수 있는 앎이란 시계 속으로 회전하여 가는 삶이다.

어느 날 불현듯 고무신 신고 나섰던 마음으로 옮겨 앉은,

눈물겹도록 찬란한 석양노을의 강변에서,

집 한 채 안고 계획했던 2000년 첫날의 말없는 약속이 생각났다.

진정한 '책임' 동반의 날개로, 인생의 구름 위를 혹은 비와 눈보라 속으로 햇살 부서지는 하늘을 향해 비상하는 무언의 약속들은 움직이고 있었다.

그것은 바로 산다는 미소였다.

2005년 겨울, 이미재

■ ■ 프롤로그 ■ ■

날개 1‥날개 2‥금붕어

날개 1 사 년째 여름1

"부모는 어릴 때 뿌리를 심어주어야 하고,
이 아이가 자라면 두 날개를 달아주어야 한다."

열여덟 시간 동안 홀로 비행하며 무슨 생각들을 하고 갈까?

부디 좋은 생각, 푸근한 생각, 그리고 고마운 생각하면서 피곤함을 달랠 수 있는 크고 넓은 따뜻한 마음을 안고 가거라. 개강할 때까지 심신을 굳히면서 오늘도 감사하거라.

기숙사에 도착하면 해야 할 일들이 산적해 있을 거야. 아주 사소한 일부터 중요한 일까지 반드시 짚고 넘어가지 않으면 안 될 일들이 너를 기다리고 있을 거야.

생활의 시작부터가 생각을 다스리게 하는 중요한 시작일 수 있으니, 우선 주변정리부터 명쾌한 마음으로 시작하거라. 이

---

* 2000년 여름, 딸아이가 대학으로 돌아갈 때 준 편지로부터 시작한다.

러한 작은 생활습관은 네 삶의 틀을 형성하는 시작이 될 수 있다고 이르고 싶구나.

삶이란 바로 오늘들을 해결하고 넘어가는 것이란다. 그 오늘 일을 어떻게 처리하느냐에 따라 사람들은 자기 삶의 가치를 다르게 지고 간단다. 모두 대충병에 걸려 빨리빨리 대충대충 넘어가는 것이 오늘 우리 사회를 이렇게 병들게 한 것이 아닌가 생각한다. 그래 우리 힘닿는 데까지 주어진 일들에 소홀함 없도록 작은 일에도 정성 들이며 살아보자.

게으른 것은 삶과 자신에 대해 죄를 자초하는 것이라고 했다. 그저 나에게 닥친 그때그때 형형색색의 모든 일들에 대해 나태하지 않는 것만이 오늘을 바로 살아낸, 바로 나에게 주어진 삶을 제대로 온당하게 대하고 있는 것이라 생각했다.

그리고 삶 중에는 '생각하는 일', 바로 사색이란 것이 삶의 중요한 필수아미노산 같은 것이란다. 사색은 삶에 여유를 가져다주는 소중한 시간으로, 사람들은 이 시간을 통해 자신의 생각을 키울 수 있게 된단다. 너는 내가 무슨 말을 하려는지 알 거야. 우리는 그동안 많은 이야기를 했으니까.

잃어버린 1,000달러에 대해서는 잊어버리거라. 잃어버린 돈보다 더 값진 경험의 대가가 있을 거라고 믿는다. 그 일은 어쩔 수 없이 일어난 사고로, 네 탓만이 아니라는 사실도 안다. 단지 좀 더 주의하고 조심해 그러지 않았더라면 하는 바람은, 자식에 대한 어머니들의 끝없는 욕망 아니었겠니.

실은 네가 무사히 잘 지내고 돌아왔다는 사실만으로도 고마웠다. 그런 마음으로 꾸짖은 것이니 이해하거라.

이는 설령 내가 꾸중 없이 넘겼더라도 문제가 아니었겠니?

네가 그렇게 떠나가고,
강변을 산책하던 날,
네가 기대어 눈물 흘리던 날,
나는 네 모습에서 훌쩍 자라버린 성숙한 인간을 느꼈단다.

그제야 나는 '이제 그만 이 녀석을 놓아주어야지.' 하는 생각을 하면서 떠나기가 아픈 네 마음을 닦아주었단다.

일찍부터 수없이 헤어지고 만나야 했던 우리는 때로 눈물을 감추기도, 때로 울음바다를 이루기도, 때로 근사하게 웃으며 헤어지기를 얼마나 많이 연습하고 반복했던가. 그러나 그 시간들은 지금 우리에게 반짝이는 모래알같이 결코 아프지만은 않은 기억으로 우리들 눈가를 다녀간다. 그렇다, 그 아픈 시간들까지 합하여 우리는 '다시 한 번 살아보아야지.' 하는 새 의지로, 빛에 절은 정을 꺼내어 나태했던 시간과 자유한 순간들로부터 화들짝 깨어나곤 하는 것이다.

이제사 나도 다시 '사는 거지.' 하는 새로운 용기로 훗날 네게 아름다운 사람이 되리라 다짐하면서 걸어 잠근 절간 문을 보듬어보았단다.

네 용기에 정비례하리라 다짐하며, 네 등을 힘차게 밀면서……. 다시 한 번 정리하고 싶은, 빈 가슴 채우는 마음으로 그렇게 너를 보냈단다.

어떻게 이 여름, 그렇게 네가 성숙했다는 믿음이 나에게 느껴질 수가 있었을까. 아마도 그것은 어린이 네 명의 보호자 역할을 해야 했던 영국에서의 4주 CISV(Children International Summer Village) 생활이 너를 그토록 크게 했을까? 아니면 아저씨들 틈에서 로이터(Reuter) 서울 지사의 인턴으로 근무한 것이 그렇게 변화를 주었을까? 아니면 이도저도 아닌 내가 미처 깨닫지 못한 자연스러운 세월 덕분이었을까?

네가 떠나가던 날, 방울방울 맺히던 가슴의 물빛들은 그동안 감사했던 우리 삶의 한 절기에 대한, 가슴 저 바닥으로부터 올라온 흐름이었다고 생각된다.

그래, 우리 서로 기대어서 믿으면서, 그렇게 그리면서 살자.

생각 많은 날, 엄마가

기회

이 기회는 보이지 않아 잃어버리는 수도 있고, 주저하다 흘려보내는 수도 있고, 게을러서 놓치는 수도 있다. 이렇게 기회는 사람의 인생을 바꾸고 간다.

자라고 배우는 아이들에게 많은 기회를 제공하라 권하고 싶다. 바람직한 프로그램이면 더 말할 나위 없겠으나 고달프고 불편한, 부모 마음에 들지 않는 프로그램이라 하더라도 사회성과 자연과 동화될 수 있는 경우라면 어떤 경우라도 권하고 싶다. 이를 통해 아이들은 반드시 무언가를 터득하고 배울 것이다. 뿐만 아니라 아이들의 시행착오는 훗날 아이들의 깨달음으로 반드시 이어진다.

때문에 아이들의 사회생활에서 시행착오와 고통이란 어리면 어릴수록 단단한 뿌리가 된다. 아울러 이 뿌리에는 기쁨과 성취와 행복도 함께 동반되는 법이다.

기회는 사람의 성장을 바꾸어놓는다. 어떠한 경우에도 사람들에게는 기회라는 것이 스쳐간다. 이 기회는 보이지 않아 잃어버리는 수도 있고, 주저하다 흘려보내는 수도 있고, 게을러서 놓치는 수도 있다. 이렇게 기회는 사람의 인생을 바꾸고 간다.

불후의 명작 『파우스트』를 쓴 괴테가 세상의 부모들에게 남긴 말이다.

"Wenn ein Kind ist gib eine Wuerzel,

wenn die Kinder gross werden gib ihr ein Fluegel."

"부모는 어릴 때 뿌리를 심어주어야 하고,

이 아이가 자라면 두 날개를 달아주어야 한다."

2000년 여름, 이 격언을 네게 선물한다.

이미 한쪽 날개는 지난해 고등학교 졸업할 때 주었지. 그때 왠지 가슴이 떨려서, 아니 내 마음이 갑자기 추워서, 한쪽 날개로 우선 나는 연습을 해보라고, 미련하게도 한쪽만 주었구나. 그때 두 날개를 다 주어야 했다는 걸 엄마는 또 살면서 깨달았구나. 왜 두 날개를 다 주어야 날 수 있다는 생각을 못했을까. 어차피 홀로 날아야만 한다는 걸 왜 알지 못했을까. 아니, 알면서도 못했지 싶다. 아마 자식을 품을 수 있을 때까지 품고 싶어 하는 어미의 본능이지 싶다.

그런데 이 날개를 달고 처음 나는 연습을 하는 새들이 얼마나 힘겹게 나는 반복을 하는지 아니? 그래서 처음 날기 시작할 때 날 줄을 몰라, 그 나는 방법을 터득하느라 몇 번을 떨어지며 상처 받게 되는지, 알 수 있겠니?

날개를 제외한 부분이 몸이라면 날개는 바로 정신을 의미한단다. 그래서 날개는 생각하고 선택해서 띄워야 한단다. 네가 책임질 수 없는 선택이거나 무의식적인 선택이 아니라, 네가 책임질 수 있는 분명한 선택으로 맑은 창공을 향해 근사하게 비상하는 모습을 보고 싶구나.

이 자유를 주는 날개가 얼마나 좋고도 어려운 선택을 해야 하는지 알 수 있을까? 그리고 이 날개가 얼마나 소중한지, 또 상하지 않아야 비상할 수 있다는 원리, 날개는 네 몸 전체 중에서 가장 중요하다는 사실, 또한 날개가 많이 다치면 끝내 날지 못하고 밟혀야 한다는 현실! 이 말들을 새겨들을 수 있을까?

정아야, 이 날개를 곱게 펴고 날 수 있도록 조심 또 조심하면서, 하늘 높이 자유를 아는 존재의 영혼으로 예쁘고 아름답게 날아보거라.

많은 체험을 통해 수많은 빛을 발할 수 있는, 그렇게 네 삶에 대한 선택의 순간 앞에서, 많고 많은 생의 인연들에 대해 충실한 책임을 지고 갈 수 있지?

이제 네 삶의 그림자까지도 책임지고 간다는 자신으로 깨달을 수 있는 의식의 네 공간, 바로 그 안에서 느끼는 자유에 대한 꿈과 앎과 깨달음을 통해 날아보거라.

2000년 여름,

아, 사랑을 날려보내는 2000년 여름에, 네 사랑스러운 어깨에 두 날개를 예쁘고 단단하게 달아 하늘 높이, 드디어 먼 이국의 아마득한 하늘로 손을 떨며 날려보냈구나.

수없이 뜨고 앉는 비행기 중에 네가 타고 있겠거니 생각되는 비행기를 바라보면서, 네 두 날개가 나는구나, 훨훨 근사하게 비상하는구나 생각하면서, 가슴에서 밀려드는 외로운 파도를 공항으로부터 돌려세운 물결 같은 발끝에, 흔들리는 가슴을 안고 묻으며 안으며 쓸어내렸구나.

건강하고 사랑하는 마음으로 아름답다는 것이 무얼까 생각하면서, 느끼면서……

그렇게 네 생의 아름다운 길을 위해 경건해 본다.

2000년 여름

강변에서, 엄마가

날개 2

날개는 진정한 의미의 자유이며, 이 자유를 인간이 진정으로 터득하게 될 때 인간은 산다는 것을 조금씩 깨닫게 된단다.

새벽에 네 전화를 받고 잠깐 놀랐단다.

손을 내밀면 잡힐 듯한 네 마음이 내 마음에 부딪히는 소리에 놀라웠다, 이제 다 커버린 것 같은 너의 어른스러운 소리를 들으면서 '이렇게 사는 거지.' 조용하면서 빈 마음 쓸어내리며 감사했다.

그래, 하루 이틀 날개를 달아본 네 마음이 어떠니?

날아다닐 수 있어서 좋기만 하니?

아니면 겁도 나고 두려운 생각도 드니?

아직 자유가, 진정한 자유가 터득되려면 조금은 더 시간이 지나야 알 수 있을 거다.

내가 아직 마음이 쓰이는 것은, 겁 없이 날다가 추락할까 봐, 그도 과정일 수 있는데 그 상처를 치료할 줄 몰라 상처만 바라보며 방황하여 아주 다칠까 봐, 그래서 혹여 날개를 사용할 줄 몰라 꺾여버리는 좌절에 주저앉을까 봐, 걱정이 하늘을 나는구나.

훗날 날개에 상처가 난다 싶을 때는 얼른 누군가가 치료해 주어야만 날개는 병들지 않고 다시 비상할 수 있게 된단다. 대부분 날개들이 제 스스로 치료하기에는 무리가 따르고, 또 그렇게 시간이 흐르는 동안 상처가 깊어 어렵게 되는 위험 부담이 있을 수 있으니, 누구라도 치료사를 선택해야 한다. 그 치료사는 친구여도 좋고 스승이나 부모여도 좋단다.

네가 나와 이야기를 나누며 친구처럼 지낸다는 말에 엄마는 얼마나 근사하다는 생각을 했었는지⋯⋯. 그러나 네가 그때그때의 사정 앞에서 어떻게 변할지는 아무도 알 수 없는 일이어서 내 걱정은 하늘을 열 바퀴나 돌아온 것 같구나.

내가 진정으로 네 치료사로 선택되기만 한다면, 언제 어느 때라도 맨발로 뛰어갈 마음이다. 마음이 그렇게 항상 네게 열려 있다는 전달이란다.

엄마가 네 친구로서의 치료사가 되어도 좋겠니?

정말 네 평생의 치료사로 선택해 줄 수 있겠니?

얼마나 감사한 마음인지. 자식과 친구가 될 수 있다는 것은 쉬운 듯해도 그렇게 잘되지 않는, 거리가 있는 것이니⋯⋯.

산 보람에 대한 감사라고 미소했다.

날개는 진정한 의미의 자유이며, 이 자유를 인간이 진정으로 터득하게 될 때 인간은 산다는 것을 조금씩 깨닫게 된단다. 인간은 결국 자기 자신에 대한 존재와 영혼에 대한 깨달음과 앎의 철학에 시달리며, 삶과 인생을 가꾸어가기도 하고, 일구어내기도 하고, 꿈꾸어가기도 하면서 인생의 경건함에 언젠가는 무릎을 꿇게 되는 것이란다.

우리 조금, 조금 더 생각하면서 좋은 마음으로 삶의 태도에 대하여 정성으로 존엄하자.

요즈음 며칠은 생활로 보냈다.

생활이 무언지, 쌓인 일들, 해야 할 일들, 그 틈에서 쉬어가며 정리하며 지내고 있다. 생각을 친구 삼아 조용히 밀린 일들에 매달려 브람스와 함께 지내고 있다.

플루트는 어떻게 됐니? 비록 문어발식 광고라도, 일주일에 한두 번 정도 수업을 받으면 어떨까. 그냥 손 놓으면 아깝다는 생각도 들고, 계속하면 음악이 주는 위안을 받기도 하거든. 음악은 때로 사람의 생각과 마음을 바꾸어놓기도 한단다.

중·고등학교 때 오케스트라 반에서 활동했던 시간들이 좋은 추억이지 않니? 거기에서 좋은 친구도 얻을 수 있었고, 얼마나 행복해했니? 그때도 아주 작은 우연이 네게 좋은 기회였지. 기회라는 것을, 가능한 한 내 것으로 안아보려는 의욕과 용기가 삶에서 가장 중요한 시도이자 실천이라는 생각이 든다.

한번 생각해 보면 어떨까 하여 권해 본 것이다.

예술과 생활, 음악과 생활의 관계에 대해 생각해 보지 않을래?

엄마는 때로 생각 없이 누워 트리오(trio) 들을 때처럼 세상 부러울 것 없이 편안하고 행복한 시간이 종종 있거든.

네 생각하면서, 엄마가

금붕어 사 년째 여름2

금붕어 한 마리를, 어항 속에서 금지옥엽 떨리는 마음으로 보살펴 키우다가, 어느 날 그 사랑스러운 금붕어를 시냇물도, 한강도 아닌 광활한 태평양 한가운데 풀어놓았으니…….

편지 고마웠다.

전화가 잦으니 자연 편지 쓰기가 늦어졌구나. 그리고 개강 초여서 바쁘기도 했다. 보내준 이메일 반갑게 읽었다. 잘해야겠다는 다짐도, 지난여름에 보낸 시간들이 값진 경험이었다는 네 말도 신선하게 들려와 기뻤다.

강변에서 보낸 시간이 평생 잊지 못할 추억이라니, 나도 뭉클한 마음이 일어 너와 같은 느낌으로 좋았던 것 같다. 아마 앞으로 이런 시간은 우리에게 얼마든지 있을 수 있다. 그렇게 좋은 시간들은 우리가 살면서 예쁘게 쌓는 돌담 같은 것이란다.

네게 더러 힘들게 했던 것들 모두 잊거라.

나도 부족했던 것으로 가끔 네게 미안해하고 있으니 엄마가

27

잘못 기억되거든 용서하거라.

네 가슴속의 묻혀 자라는 이야기들을 하나씩 꺼내어 들려준다니, 벌써부터 친구가 된 것 같아 긴장되고, 사랑스러운 마음이다.

지난 주말에는 친할아버지 산소에 다녀왔고, 추석날에는 오랜만에 외할아버지 산소에 외삼촌 댁과 함께했다.

생전에 외할아버지 좋아하시던 노란 국화 한 그루 심어드렸다.

외할아버지께서 '왔니…… 정아는…….' 하시는 것 같았다.

그래서 민족 대이동이라는 교통 대란의 대열에도 너와 함께 있었다는 것을 알아차렸구나.

네가 태어나던 이듬해 봄,

그러니까 엄마가 대학에 임용되어 들어가던 그해 봄, 외할버지는 훌쩍 꽃상여를 타고 떠나셨지. 짚신 신으시고 책보 메시고 넘으셨다는 상영죽 고갯길을 오르면서 엄마는 외할아버지를 많이 그리워했다.

고향길 언덕, 치악산을 마주 보는 산언덕에 평안하신 모습을 떠올리며, 30년 전 엄마 인생을 크게 허락하신 할아버지께 "죄송합니다."라고 했다. 그 '죄송'의 의미를 네가 알 수 있을까? 훗날 아주 더 훗날 알 수 있으리라.

명절이면 네 생각에 늘 안타깝게 시리고 저리던 네 어린 독일 시절이, 이제 여린 어릿한 꿈 안개 같은 추억으로 마음을 데운다. 이제 대학생이 된, 오늘 같은 명절에는 훨씬 여유 있고 든든한 마음으로 네 생각을 할 수 있어 네 영혼의 키도 훤칠 자란 느낌이다.

저녁 하늘 쌍무지개가 황홀한 마음을 열어 몇 년 전 찬란했던 기억이 살아났다.

열다섯 살이 채 되기 전에 너를 두고 돌아서던 날, 뮌헨 바이에른 들판에 피어나 있던 쌍무지개, 그 아름다운 쌍무지개를 보며 떠나던 날, 감정이 순화되면서 위로를 받던 일이 생각난다. 길조라고 되뇌면서 아주 작은 것에라도 좋은 생각에 매달리고 싶던 순하고 강했던 마음, 아마 지푸라기라도 붙들고 싶은 마음이 이러했으리라.

그렇게 열다섯 살 너를 떼어두고 돌아서야 했던, 물먹은 솜뭉치처럼 무겁던 가슴을 생각하면, 지금도 주마등 같은 시간들이다.

어리고 예쁜 금붕어 한 마리를, 어항 속에서 금지옥엽 떨리는 마음으로 보살펴 키우다가, 어느 날 그 사랑스러운 금붕어를 시냇물도, 한강도 아닌 광활한 태평양 한가운데 풀어놓았으니, 그 어미의 마음이 어찌했을꼬.

 시간이 지나면서 금붕어는 세상에서 부딪히는 단련으로 홀로 살아가는 법을 배우며, 삶을 이길 수 있는 힘을 차츰 얻게 되었고, 의지와 용기를 배워, 꿈과 자유를 위해 많은 것들을 극복할 수 있는 진정한 힘의 의미를 알아가기 시작했다. 그리고 금붕어는 지난날의 따뜻하기만 했던 어항 물의 사랑을 추억하면서 심장에서 뛰는 맥박 같은 고동으로 신호를 보내왔다. 그리고 우리 대화는 아직 계속되었다.

 강변 산책에서 들꽃과 하늘을 바라보며 네 생각했구나.
 네 생각하는 하루, 고마운 하루였다.
 오늘도 네 생각으로 행복했구나.

                                        엄마가

    *

 이 후 이 편지들을 모으기 시작했고, 고르기 시작했고, 옮겨 쓰기 시작하여 마침내 장시간 집필했었다. 그러다가 건강의 이유로 이 집필은 5년 이상 잠들었다가, 삶의 공간 같은 시간의 이유들, 사연들! 긴 산고 끝에 깨운다.

■ ■ 일 년째 ■ ■

고양이도 늦게 들어와‥눈물 젖은 빵‥한 배‥좋은 책은‥큰 그릇으로‥건강도‥하느님 고맙습니다‥보람이 행복‥기다림은‥동화의 집‥하늘은 스스로‥열일곱 살 생일에‥새롭게 일어나거라‥어려움을 선택한 마음‥작은 기도‥삶은 '오늘' 을 쌓은 매일 매일‥우리 집 대문‥잘 자란 나무‥하늘의 뜻‥자신의 부피만큼만‥경험은 배움으로‥사랑의 진수성찬‥잘못된 습관은‥은혜라 했다‥베르사유 조약은‥진정한 힘‥어떤 추위도 햇볕을 얼리지는 못한다

고양이도 늦게 들어와… 회상 1

분명한 것은 사람은 누구나 환경에, 그 일들이란 것에 처하면 겪을
수밖에 없으며, 그것을 능히 견뎌낼 수 있는 힘이 생긴다는 것이다.

그해도 우리는 I.B.Z.(International Begegnung Zentrum)
대학가 교수촌에 안주했다.

이곳은 귀국하는 바로 그날부터, 안정된 하루의 일과를 시
작할 수 있도록 모든 살림이 더 바랄 게 없이 완벽했다. 더욱
이 대학에서 베풀어준 친절과 관심은 또 다른 감동으로 기억
에 영원하다. 그곳에서 준비해 준 숙소는 먼지 한 톨 눈에 띄
지 않을 만큼 청결했으며, 모든 것이 완벽하게 제자리에 정돈
되어 있었다. 심지어는 책상 위에 놓인 꽃 한 송이와 냉장고에
넣어준 커피 한 봉지, 쌀 한 봉지, 우유 한 통, 빵, 버터, 치즈,
그리고 마늘 한 통까지!

---

* 이 편지들은 아이가 처음으로 홀로 4개월을 지낸 후 귀국한 10학년, 성
탄절을 함께 보낸 겨울에서 시작한다.

어찌 감동하지 않으랴. 이 완벽한 모습이 바로 독일인에게 배울 수 있는 관심과 배려였다. 작은, 아주 작은 것이었지만, 상대방에 대한 확실한 친절은 또 하나 독일에 대한 신뢰였다.

작은 것으로 상대방을 감동시켰다는 것은, 바로 그 상대 역시 살아 있다는 것에 대한 징표다. 삶의 순간들이 이러한 시간들로 추억될 때, 그 시간들은 자기들 삶에 기록되는 것이리라. 또한 이 시간을 준비하고 마련한 상대방의 시간도 그들 삶 속에서 행복했으리라.

그해 겨울, 우리는 자신들의 일터로 각자 돌아갔고, 아이는 학교생활의 연속이었다. 이곳 학교에서는 오케스트라 특활반도 즐겨했고, 학교신문 편집일도 좋아했고, 장애아에게 수학도 가르치며 나름대로 바쁘게 지내고 있었다.

이렇게 그해 겨울을 우리에게 와서 두 달 남짓 함께 지내고, 다시 독일 교수님 댁으로 보내게 되었다. 처음 떨어질 때보다 조금은 힘들어하는 기색이 분명했지만 눈물을 머금고 돌아갔다.

아이는 내가 휴직하고 일 년만 더 와 있어주기를 바랐다. 내 마음도 간절했지만, 이 고비를 넘겨야 한다는 생각에 돌을 깨야 했고, 나는 아이에게 교수가 공인이란 것에 대해 무슨 엉뚱한 소리를 했는지, 그리고 어찌어찌 돌아섰는데, 지금은 잘 기억나지가 않는다.

다만 텅 빈 가슴만 몇 번이고 쓸어내리며 뒤도 돌아보지 못하고 돌아서야 했던 내 영혼의 신발만 어렴풋했다.

그해 여름, 그러니까 1997년 여름방학이 시작되는 바로 그날 출국했다. 마음은 단 며칠이라도 빨리 아이에게 가고팠지만 대학에 매인 몸이어서 마음대로 움직일 수가 없었다. 생각하면 22일까지 기다리는, 조금 먼저 떠날 수도 있었던 바로 그 4, 5일의 시간들은 해마다 나에게 목이 마르는 시간들이었다. 아마도 기다림을 아는 사람은 이 마음을 헤아릴 수 있으리라.

그해 여름, 두어 주를 이태리 친구 집에 머물던 때였다.

아이는 무엇이든 물으면, "엄마, 괜찮아. 문제없어, 다 괜찮아." 하고 대답했다. 심지어는 자전거를 타다 넘어져 살이 패어 다친 흉터도 내가 걱정할까 봐 말을 아끼던 아이여서 그저 대견하기만 했다.

그러던 아이가 갑자기 "엄마, 내가 얼마나 힘든지 알아?" 하며 내 무릎에 엎어져 울어버린 것이다. 그해 여름도 우리는 이런저런 소설책을 사들고 가, 같이 나눠 읽으며 한가롭게 보내고 있을 때였다. 그러던 오후, 아이가 갑자기 마음을 드러내며 울음을 터뜨렸다. 그때 내 철렁이던 가슴을 기억하면 지금도 손끝이 시리다.

아이는 교수님 댁 막내딸(안나)이 비엔나 대학으로 옮겨가면서 집이 늘 비어 있어, 학교에서 지친 몸으로 들어올 때 말상대가 그리웠던 것이다. 외로움이 무언지도 모르는 나이에 '고독' 이란 것을 구체적으로 느끼기 시작한 것이다.

이는 내가 안다. 빈집에 열쇠를 열고 들어서야 하는 고독을 내가 안다. 이미 30년 전쯤 스물네 살이라는 다 자란 나이에도 그 적막함의 끔찍함을 체험했기에 고독에 익숙해 가는, 가여운 어린 마음이 어떨지 나는 가슴으로 느끼고 있었다.

아이는 목이 메어 "엄마, 안나가 집에 없으니까 고양이까지 집에 늦게 들어와. 교수님 출장 가시면 할머니도 함께 가시고, 할머니는 보통 때도 너무 바쁘셔. 그래서 교수님이 안 계시면 혼자 있는 날이 많아. 엄마, 집에 혼자 있는 거 얼마나 힘든 줄 알아. 고양이도 늦게 들어온다니까……"

알지 알아. 알고말고…… 아이고, 어린것이 고독을 알아가는구나. 아직은 좀 이른 나인데, '아이고, 어쩌지.' 당황하며, 철렁이던 가슴의 파도 소리가 지금도 가슴에서 출렁거린다.

그래도 많은 시간 우리 아이를 보살펴 주신 교수님 내외분께는 진심으로 백골난망이다.

정말로 세상에 드물게 좋은 분이시다.

우선 나는 아이에게 함께 서울에 가자고 제안했다. 영어가능하니까 서울에서 TOEFL을 준비해 미국에 있는 대학에 가면 된다고 설득했다. 그러나 아이는 반대했다. 절대로 안 된다고, 뜻밖에도 강경했다. 나보고 일 년만, 일 년만 와 있어 달라고 간청만 되풀이했다.

그해 여름, 나는 아이의 고독을 가슴에 안고 다녔다. 그래서 틈만 나면 아이가 생각할 수 있는 많은 이야기보따리를 만들었다.

그렇게 아프고 외로운 체험을 통해 사람이 깨달아가는 것이라는……, 인생이란 것에 대한, 소위 인간의 생활철학에 대한 이야기를 해주며 쓰다듬고 어루만지며 위로했다. 내 말을 이해하기에 그 나이로는 조금 어려웠을 테지만, 그래도 위로를 받았는지 다시 해낼 수 있다고 말하는 아이의 얼굴에는 화색이 돌았다. 마치 한바탕 토해내고 시원해하는 그런 표정이었다. 그러나 숙명으로 받아들이려는 듯한 바로 그 표정은 다시 내 가슴을 찌르고 갔다

이태리 친구는 "비상시 우리가 있다. 이곳에서 속력을 내면 여섯 시간 만에 도착한다."며, 아이와 키를 맞추려 무릎을 꿇고 아이를 안심시켰다. 아직도 나는 그 마음을 잊지 못한다. 오랜 세월이 흘러도 여전히 남아 있을 것이다.

그 친구와 나는 꼭 30년 전, 뮌헨 대학 어학 코스에서 만났

다. 그 후 나는 유럽에 들르면 친구 집에 가서 머물곤 한다. 그 친구는 사람 좋고 산 좋고 물 좋은 산속에서 지내는데, 그 그윽한 정취는 분주했던 내 마음을 식혀주고 정화시켜 주는 마음의 젖줄기 같은 곳이다.

그해 그곳을 떠나면서 좋은 방법이 없을까, 꼭 해결해야만 할 과제같이 이 생각을 머리에 이고, 아이와 함께 예정된 학회에 참석했다. 아이의 문제를 파악한 이상, 아이의 마음을 풀어 주기 위해 계속 기차에 몸을 싣고 다니면서도 신나는 마음으로, 따뜻하게 돌아다녔다.

아이가 다시 우리를 기다리는 동안 행복한 기억으로 외로움을 달랠 수 있도록, 우선 소중한 날들을 추억하며 지낼 수 있도록 마음의 터를 넓게 해주어야 했다. 그래서 행복한 시간을 주려고, 가능한 한 편안한 마음을 주려고 가는 곳마다 삶을 사랑할 수 있는 동기를 찾아냈다. 대화하고 이해시키고 설득하면서, 누구보다도 선택된 시간에 대해 무엇도 감수할 수 있어야 한다는 여유와 힘에 대한 이야기 꼬리를 물고 다녔다.

물론 공부는 한 글자도 하지 않았다. 여행 중에 그럴 여유도 없었지만, 여행하는 것 자체가 모두 배우는 것이므로 그것만으로도 충분했다.

우리는 이미 걷는데 익숙해 있었으며 가는 곳마다 보고 읽고 생각하고 감탄하고……

그것들로부터의 느낌과 감정이 배움이란 것에 전부였다. 공부보다도 책보다도 이 따뜻함이 우선이라 믿었다.

이곳까지 와서 공부라는 것에만 매달리는 어리석음은 범하지 않으리라. 어디거나 대학에 못 들어가겠는가 하는 여유와 배짱으로 아이의 학교생활을 믿으며, 우선 고독을 알기 시작한 아이의 마음에 상처가 들어앉기 전에, 그것을 스스로 극복할 수 있도록 정성을 들였다. 어쨌거나 스스로에 대한 신뢰를 갖도록 많은 인생 이야기를 듣거나 못 듣거나 정성으로 뿌리고 다녔다. 어쩜 이 인생의 진지한 이야기들은, 아이와의 이 과정을 통해서 내가 잃었던 것들을 다시 배우고 가는 삶의 순환이기도 했다.

생각해 보면 초등학교 때 아이에게 과외를 시킨 기억이 없다. 미술학원은 물론 속셈학원 근처에도 가본 적이 없다. 말하자면 시대와 현실에 반(反)하는 교육 방법으로 나는 아이를 지켰다.

그러다가 중학교에 입학해 더는 버티지 못하고 발등에 떨어진 불처럼 아이를 닦달하기 시작했다. 아이는 갑자기 변한 호랑이 같은 부모를 이상하게 보다가 듣다가 울다가 대학생 과외를 처음으로 경험하기도 했다. 그때가 중2, 그러니까 1994년이었다.

이듬해 아이를 데리고 독일 대학으로 연구년차 다니러 갔을 때다. 연구년을 마친 일 년 뒤 귀국과 동시에 아이가 겪게 될 한국 학교의 적응문제를 생각해 영어 하나만이라도 해결하자고, 독일 교육의 이상에도 불구하고 국제학교를 선택했다.

한두 달이 지나면서 아이의 적응은 뜻밖에도 빨랐고, 서너 달이 지나자 머물겠다고 말하더니, 대여섯 달이 되자 혼자라도 그곳에 머물겠다는 의사를 표시했다. 그곳에서 교육 받기를 얼마큼 소원했는지는 상상을 초월할 정도다.

아이는 이미 한국 교육과 독일 교육을 스스로 비교하고 판단할 만큼 성장해 있었던 것이다. 우리는 바로 그 이유를 생각해야 했고, 이해해야 했다.

아이를 두고 온 부모나 덜컥 남게 된 아이는 똑같은 마음이었으리라. 아마도 모든 것을 감수하고 싶은 그렇게 막막한 마음의 떨림은 아프고, 놀랍고, 기뻤으리라.

그 시대만 해도 흔치 않았던 조기 유학을 반년은 부녀가, 반년은 가족이, 반년은 모녀가 함께했다. 이렇게 18개월을 함께하고, 열네 살 아이는 3년을 홀로 남아야 했다. 물론 아이가 원해서 결정한 일이긴 했지만 귀국해 겪어내야 할 우리네 교육이 무서웠다고 말해야 정직한 고백이겠다. 아니, 솔직히 말하면 열네 살의 아이가 영어와 독일어를 구사하는 게 아까워서 머물기를 바랐는지도 모르겠다.

어쨌거나 이 결정은 오늘과 미래를 크고 넓게 바라보기 위해 우리가 한마음으로 내린 어려운 각오였다. 그리고 좀 더 확실한 것은 아이가 '오늘'을 바로 배우며 살게 하고 싶었다는 게 우리가 내린 답이었다.

서울로 오기 전에 학교 교장 선생님을 비롯해 몇몇 선생님과 의논한 끝에 새 학기가 되면, 아이가 있는 집으로 아이의 거처를 옮기자는 결정을 보았다. 그러나 방학 중이어서 모두들 휴가를 떠난 뒤였고, 그렇게 쉽게 옮길 수 있는 일도 아니어서 곧바로 이사하는 것은 불가능했다. 결국 잠정적으로 이사한다는 결정만 내린 뒤 나는 다시 서울로 돌아와야 했다.

그해 여름, 아이를 혼자 두고 돌아오는 걸음이 얼마나 무거웠는지, 얼마나 떨어지지 않는 발길이었는지 돌이켜 보면 모진 걸음이었다. 그러나 분명한 것은 사람은 누구나 환경에, 그 일들이란 것에 처하면 겪을 수밖에 없으며, 그것을 능히 견뎌 낼 수 있는 힘이 생긴다는 것이다.

비록 겪지 않은 일들이 크고 어렵게 생각되어도, 막상 부닥치면 누구나 해낼 수 있다는, 솟아오르는 일반적인 용기를 나는 이르고 싶다.

이 여름, 두고 돌아서야 하는 마음을 달랠 길 없어, 아이가 첫 영성체를 받은, 그레고리안 성가가 장엄하고 성스럽게 울려 퍼지는 뮌헨 테아티너 성당 12시 대미사에 아이의 평정을 위한 20대의 미사를 올려놓고 귀국했다.

그 마음은 오로지 모두를 하늘 뜻에 두고 온 마음이었다.

고맙고 고마운 것은, 할머니 역시 또래 친구 집이 있으면 갔다가 언제라도 오고 싶을 때 다시 오라는 거였다. 아이가 독일을 떠나기 전까지 아이 방을 비워둘 테니 염려하지 말라 하셨다. 나는 또다시 독일인의 '인정과 배려'에 대한 사랑을 배우며 인생의 끝없는 '배움'의 여정에 대해 감사했다.

그해 여름 나는 어떻게 아이를 그 외로운 방에 다시 혼자 두고 떠나올 수 있었는지, 그 원시적인 이별에 대해서는 기억하고 싶지 않다.

그래도 아이에게 세 명의 친구가 있다는 게 커다란 위안이 되었다. 울면 같이 울어주고 안아주는 친구의 때묻지 않은 위로는 두고두고 내 마음에서 가끔씩 꺼내어 보아도 좋을 만큼 내 가슴 고랑 길 사이로 적셔든다. 나는 아이들에게서 인간의 가장 본능적이고 순수한 숨결 같은 우정을 느끼면서 가끔씩 행복해 본다.

친구는 인생에서 시계 안에 배터리 같은, 없어서는 안 될 중요한 존재다.

한 달쯤 후에 학교에서 메일이 왔다.

학교에 여섯 살 아래인 남자 어린이가 있는, 일본에서 10년을 살았던 경험이 있어서 동양을 이해하기에도 충분한, 그런 댁에서 아무 조건 없이 아이를 데리고 있겠다는 것이다.

일단 아이를 그 댁에 보내고 아이에게 최종 결정권을 주었다. 들은 바에 따르면 아이가 기거하기에 부족함이 없을 듯 생각되어 남은 것은 그 집안 식구에 대한 딸아이의 생각이었다.

처음에는 아이가 교수님 댁 생활에 익숙해지기도 했고, 교수님 부부와 정도 들어 이사 가기를 주저했다. 그래도 한번 다녀오라는 내 제안을 받아들여 다녀오더니 그날로 이사하겠다며 들떠 있었다. 이렇게 열다섯 살의 어린아이였다.

문제의 해결은 그 댁에도 아이가 있다는 사실 때문이었다. 무엇보다도 화기애애한 가족적 분위기에 외로움 같은 것이 화들짝 날아가 버리지 않았나 싶다.

가정의 훈기를 느끼고 돌아온 것 같았다.

나는 아이에게 이왕 견디어 온 것 보름만 더 기다리라고, 성탄 때 서울로 왔다가 같이 들어가서 교수님 댁에 인사 나누고, 또 이사 가는 댁에도 상면도 하지 않은 채 딸을 보내는 것은 예의가 아니어서 힘들지만 조금만 더 참자고 했다.

대신 아이에게는 참아내는 과정을 배울 수 있는, 또 하나의 기다림에 대한 미학을 배울 수 있는 좋은 기회라고 생각했다. 떠나는 연습을 예쁘게 할 테니까.

나는 이미 동양문화를 몸소 아이에게 교육하고 있었다. 이는 열다섯 살 아이에 대한 내 몫이었다.

생각대로 아이는 이 댁에서 부족한 것 없이, 외로움이란 것에 대한 체험을 통해 자유라는 것에 대한 싹을 틔우며 인간적으로 느낄 수 있는 자신의 10대를 그레펠핑(아이가 옮겨갈 댁의 마을 이름)에서 마감했다.

여기서 교수님 댁은 뮌헨 막스 프랑크 인스티튜트(Max Frank Institut) 총장을 지내신 한스 차허(Dr. Hans Zacher)로 우리 부부가 존경하는 지인이며, 학교를 통해 인연을 맺은 구드룬 마르티우스 폰 하르더(Dr. Gudrun Martius von Harder) 댁은 부인이 '폰'(von, 독일 귀족)의 가문으로 자식과 집안에 '폰'이라는 대를 물린, 부인은 나에게 많은 감동과 또 다른 배움을 준 분이다.

우리 아이가 머물던 이 두 댁과의 인연에 대해 나는 죽어도 감사할 뿐이다.

두고 두고 잊지 못할 평화롭고 고요한 숲길, 저녁이면 한 차례 쎄씨(검은 큰 개)와 산책한다던, 오묘한 들판! 부엉이가 나올 만큼 공기 맑은 숲길!

우리 가슴에서 가끔씩 반딧불이 되어 뛰쳐나오곤 한다.

아, 아이가 '고독'을 알아야 했고, 외로움을 안고 잠들던 이 두 댁은 우리에게 숨결 같은 영원한 곳이다.

눈물 젖은 빵 회상 2

부모는 내 아이가 가지고 있는 것만큼만 가지려 해야 한다. 내 아이에게 주어진 그만큼이란 것만으로도 만족하고 감사하고 행복해야 한다. 그 이상을 바라고 요구할 때는 아이가 잘못 가게 되어 있다.

9학년 시작을 며칠 앞두고 서울로 귀국했다. 아이는 얼결에 혼자라는, 독립되었다는 사실에 흥분해 근사하고 의젓하게 작별했던 것 같다.

열다섯 살이 되기 전에 그러니까 아직 열네 살에.

나는 틈내어 편지로 아이를 안아주었고, 하루에도 몇 번씩 전화로 안아주었다. 이곳 시간으로 자정에서 새벽 한 시 사이는 아이가 학교버스로 집에 도착하는, 그곳 시간으로 오후 네다섯 시경이다. 나는 아이가 학교에서 돌아온 것을 확인하고야 잠드는 버릇이 생겼다.

최소한 집에 잘 들어왔는지, 오늘 학교에서 무슨 일이 있었는지, 마음 상하는 일은 없었는지, 그랬다면 그 일은 내가 어떻게 위로하며 지도해야 하는지, 무슨 수업이 흥미가 있었는지 혹은 힘들었는지, 무슨 문제는 없는지, 그리고 건강에 이상은 없는지 등에 대해 같은 소리를 하루도 반복하지 않고는 잠들지 못했다. 그것은 어떤 엄마라도 같은 마음이리라. 이는 열다섯 살이라는 미성년에 대한 엄마로서의 절대적인 의무이며 책임이었다.

간혹 감기로 잠긴 목소리가 들리면 어느 상자 어디에 어떤약을 먹도록 이르기도 하고, 피곤할 때는 발을 올리고 레몬 한덩어리를 잘라 넣어 어떻게 목욕하는 것이 좋다고도 이르고, 저녁은 어떤 것을 어떻게 먹어보라고도 이르며, 일일이 유선에 매달려야만 했다.

독일 법은 열여덟 살 전까지 어떤 사고든지 간에 엄마가 책임을 져야 했다. 그래서 나는 설혹 아이가 무슨 잘못을 했더라도 여덟 대의 매를 내가 맞고 나머지 두 대의 매를 준다고 약속했다.

아이는 학교버스로 집에 도착해 잠시 휴식을 취하면 서울로부터 걸려오는 내 전화를 어김없이 받는다. 서로 안심한 뒤 남은 하루를 계속하도록 용기를 주고, 때로 피곤해하면 우선 한시간 잠도 재우고, 전화로 다시 이곳 새벽 서너 시경에 깨우기도 했다. 알람시계도 가능할 터였지만, 그것이 최소한 엄마인 내가 할 수 있는 전부였다.

이튿날 새벽에 내가 잠에서 깨어 잘 자라는 인사를 짤막하게 주고 나면 아이의 하루는 잠들기를 시작으로 독일에서의 하루를 멈추고, 내 하루가 서울에서 시작된다. 그 뒤로는 아이가 일어나 학교에 있다는 사실로 내 하루는 일에 묻힌다.

자고 깨어 일어나 전화를 붙잡는 시간 외에 나는 아이가 무엇을 어떻게 한다는 나쁜 것에 대해서는 생각해 본 적도 상상해 본 적도 없었고, 믿음으로 지냈다.

이렇게라도 내 마음을 보내어 생활의 많은 부분을 함께하고 있다는 애정을, 아이에게 끊임없이 인식시켜 안심시켜야 했다. 아이가 아직 내 보호를 받아야 할 어린 나이라는 것이 이렇게 하게 된 이유였다.

어쨌거나 처음 한 해 우리 집 국제전화 요금은 가정집에서 계산할 수 없는 금액이었다.

이러던 중 어느 날 하루 사건이 기억난다.

학교버스가 도착했을 시간, 이곳 시간으로 새벽 한 시, 그런데 아이가 어김없이 전화를 받아야 하는 시간에 받지 않는 것이다. 새벽 한 시, 나는 2, 3분 간격으로 초를 세며 다이얼을 돌렸다. 그날 40분 정도 늦은 뒤에 연결되었는데, 40시간도 더 전화기에 매달린 느낌이었다. 연결되자마자 나는 대뜸 "무슨 일이냐고" 나무라던 기억이 지금도 미안하고 미안하다.

"……할머니가 안 계셔서 먹을 게 없어서, 엄마 전화 받고 가면 마켓 문이 모두 닫혀서……."

그제사 나는 그 당시 독일은 오후 여섯 시면 모든 가게가 문을 닫아 우유 하나도 살 수 없다는 사실에 미안하고 황당해, "미안해, 미안해……." 우는 아이 가슴에 빌고 빌었다. 그리고 가끔은 내 전화 때문에 배도 고팠겠구나!

다시 무너져 내리는 가슴을 떨고 밤을 새고 말았다.

그날 잠을 이루지 못하고 밤새워 얻은 결론이 있었다. 그것도 '감사함'이었다. 그러한 체험은 아이에게 두 번 다시 겪지 못할 귀중한 체험이라 생각했기 때문이다. 많은 것을 혜택 받은 아이로서, 보편적으로 건강한 가정에서 사랑으로 태어나, 주변의 사랑을 독차지하고 자란, 밝고 긍정적이고 낙천적인 성격의 아이로서, 눈물 젖은 빵을 먹을 수 있었다는 것은 오히려 좋은 기회가 될 수도 있겠다는 생각을 했다.

이러한 기회는 누구에게나 오는 기회가 결코 아니었다. 만일 아이가 혼자 먹는 눈물 젖은 빵을 인정할 수 없었다면, 그 사실을 기회로 데려와야 했다면, 아마도 아이의 오늘 같은 기회나 인생은 없었으리라.

이렇게 사람들은 오늘 자신에게 일어난 모든 일들에 대해 숙고하다 보면, 그 매듭은 결국 '현재'를 받아들여야 하는 자기 설득의 정화된 답으로 스스로를 다스리게 된다.

이때 나는 이 시간들을 통해 아이가 배우고 얻는 것만큼 많은 것을 배우고 있었다. 또한 이 끊임없는 자기 성찰만이 아이를 지킬 수 있는 힘이 된다고 믿었다.

같이 배우고 가야 한다. 같이 깨어 있지 않고 자식만 깨울 수 없다. 부모가 깨우고 깨닫는 사랑만이 이 땅의 아이들을 진정으로 지킬 수 있다.

이후에도 어미 된 자리에서의 전율이 반복적으로 가슴을 흔들었지만, 강한 주먹으로 가슴을 두드리며 가슴에서 흩어지는 맑은 물 개울 소리들을 들었다. 그 영혼의 청량한 소리를 들으며 나는 자정할 수 있었다.

아이 삶과 미래에 대해 그것들이 모두 씨가 되기를, 아주 단단히 뿌리내릴 수 있는 그런 씨가 되기를, 그래서 바다의 물을 채울 수 있는, 넓고 큰마음의 사랑을 아는 사람으로 인도해 주십사…… 나의 새벽 걸음은 무릎 꿇는 예식으로 향한다.

이렇게 한 학기를 홀로 지내고, 아이는 연말에 귀국해 성탄과 새해를 서울에서 지냈다. 그리고 이듬해 정월에 나는 아이와 함께 독일로 떠났다.

독일의 대학은 학기가 한참 중인 1월이어서 도착하는 날부터 종종걸음이었다. 도착하자마자 예정되었던 개인전을 개막하고, 이튿날부터 학교로 시작해 아이의 친구, 그 친구의 엄마

등 아이와 연관된 주변 사람들을 만나 아이의 지난 시간들에 대한 단편들을 듣기에 기쁘고 바쁘고 아프다.

안심하기도 하고 고맙기도 하고 걱정스럽기도 하고, 그러나 분명한 것은 아이가 설령 잘못했더라도 이를 어떤 방식으로든 곱게 넘어가야 한다는 거였다. 기다려야 하는 거였다.

부모가 확실할 때 아이들이 반듯하게 자란다. 따라서 부모 스스로가 본인을 평가하는 만큼 아이들을 평가하면 대충 맞는 다는 뜻이다.

아이들이 그렇게 쉽게 잘못되지 않기 때문에 우선 아이를 믿어야 한다. 생각해 보면 아이들이 저지르는 잘못이란 용서 못할 일들은 아니다. 대부분 익숙하지 않던 것들과 새로운 것들에 대한 거부일 경우가 많다. 바로 그 거부에 대한 민감한 반응이 부모 자신들을 불안하게 하고 초조하게 하여 아이들과 생각이 어긋나는 것이다.

문화와 시대사고(時代思考)에 대한 차이를 부모가 자식에게 좁혀가야 하며, 이에 대한 부모의 사고는 시대를 앞질러 한발 앞서가야 한다. 이는 유학 보낸 어미의 그릇이어야 한다.

우리가 독일 대학에 머물 때면 아이는 우리에게 와서 두 달을 외롭지 않게 지내고, 내가 지어주는 밥과 사랑을 먹고 따뜻함이 무언지 알기 시작한 것 같다. 다시 헤어지는 날이 가까워

온다는 안타까운 외로움으로 삶의 작은 것 중에 또 하나의 소중함을 아이는 배우고 갔다.

독일에서 내가 전시회에 초대될 때면 아이는 친구들을 초대해 "나도 이렇게 근사한 부모가 있다."고 은근히 뽐냈다. 다음 날 독일 신문에라도 내 얼굴이 그림 평과 함께 대서특필되면 좋아라하며 자랑스러워했다.

이 모습을 보며 나는 아이에게 열심히 사는 모습을 보여주어야겠다는 생각으로 '다시 살아보자.'고 다짐하기도 했다. 그것이 아이에게 힘이 되고 용기가 된다는 사실, 그래서 좌절로 지치더라도 다시 살고 또 살아내야 한다는 답이었다. 그러니까 쉬지 않고 일한다는 것은 아이와 같이 크고 있다는 결론에 다다른 것이다.

아이가 머물렀던 뮌헨은 70년대 내가 머물던 도시여서 일도 쉬웠고 친구를 포함한 아는 사람들도 많았다. 그래서 아이에게도 많은 도움이 되었고, 좋은 사람들이 곁에 머무는 소중함에 대해 말로 이를 수 없는 가르침을 주었다.

흔히 현대 사람 관계는 스쳐가는 관계로 정립된다. 그러나 이렇게 "사람은 서로에게 스치는 것이 아니라 머무는 것이다."라고 이르고 있었다. 생각하면 뮌헨은 나의 두 번째 고향으로 감사한 추억들이 가득 찬 곳이다.

계속되는 나의 국외 전시는 어떤 식으로든 경비 부담 없이, 담백하고 신선한 선에서 해를 걸러 거듭되었다. 또한 이로 연결되는 크고 작은 사건들이 민간외교로 전환되었고, 여기서 느끼는 야릇한 보람은 새 일을 계속하게 만들었다.

전시는 대략 한두 달간 혹은 일 년 열어놓고, 대학으로 동분서주하다 보면 아이와 함께 지내는 두 달은 우리에게 너무 짧았다. 그러나 이 선택된 시간에 대해서도 감사하고 미안한 마음으로, 헤어지기 싫은, 조금 더 머물고 싶은, 그렇게 떨어지지 않는 발걸음을 돌려세워야 했던 눈물걸음까지도 지금은 모두 감사한 추억이다.

돌이켜보면 3년여 세월, 여섯 차례의 방학은 우리에게 하루같은 경건한 일상이기도 했다.

먹다 남은 양념에서부터 사용하던 비누까지 온갖 살림살이를 바구니에 담아, 살던 집의 창고에 보관하고, 다시 돌아오는 여름에 배정되는 호수만 바뀌는 동일한 주소의 집을 기다리며 떠난다.

아이는 다시 총장님 댁에서 데리고 가신다. 그리고 한 이틀은 그 댁에서 아이와 함께 지내다 오기도 한다. 그 기간 동안 우리 부부는 같은 비행기를 타고 돌아온 적이 없다. 한꺼번에 부모가 사라지는 모습이 아이에게 더 외로울까 싶어 남편이 항상 일주일 앞서 떠났다.

그런 즈음, 내가 서울 떠나기 하루 전, 총장님 댁에 머물던 어느 날, 우리는 잊을 수 없는, 영원했던 하루가 있었다.

얼마나 많은 눈이 세상을 덮었는지, 아이 방에서 바라보는 눈꽃 찬란한 숲과 하늘이 얼마나 아름다웠는지, 그 휘날리던 눈보라의 무서운 눈바람도 얼마나 낭만적이었는지, 이제는 꿈결 같은 영상만이 머리에 아득하다.

그러나 그 영묘한 겨울 정취에도 아팠던 숨결들, 그날 나에게 스며들던 아이의 무서운 고독이 절실하게 느껴져 아이를 끌어안고 말았다. 아이가 혼자 바라보며 느끼고 겪어야 했을 시간, 신비스러울 만큼 아름다웠지만 그 어린 가슴에 무엇을 심고 갔을지, 아이가 창밖에 시선을 둔 채 흘려야 했을 고독이라는 적막, 어떻게 그렇게 갑자기 내 가슴을 찔렀을까, 감추려다, 감추려다 끝내 감추지를 못하고 아이를 끌어안고 말았던 방울방울, 비수 같은 맺힘의 감출 수 없던 감정, 그러나 그 뒤에 오는 우리 모녀를 누가 감히 엿볼 수 있었을까.

아이가 먼저 분위기를 돌려세웠다.

"엄마, 정신 차려. 엄마, 날씨 탓일 거야."

열여섯 살의 아이가 나보다 냉정하고 커 보였다. 가끔 내가 스스로에게 실망했던 그런 순간이었다.

아이는 이미 이런 날씨와 감정에 익숙해 있어 이 같은 감정은 특별한 것이 아니었다. 이렇게 흘려버린 눈물들이 생각 속에 머물고 쌓여 오늘 저 아이를 저렇게 담담하게 했으리라. 나는 느끼며 체험하며, 바로 그 체험에서 나올 수 있는 답들이 작은 새가슴에서 떨다가 굳어가는 듯 답답했다.

그러나 나는 알 수 있었다. 아이가 삶을 알아가고 있구나, 삶이 뭔지, 인생이 뭔지, 고독이 뭔지 알아가고 있구나. 그래서 아이가 진정으로 크고 있다는 확신에 감사해야 했다.

나는 다시 정화된 삶의 자리로 돌아가자고 스스로를 달래었다. 그리고 아이를 더 따뜻하게 안아주면서 하늘에 감사했다. 오히려 아이로부터 위로받은 날, 스스로를 위로하며 눈보라 치는 숲 속 벌목을 하염없는 수상(隨想)으로 바라보던 날, 아마도 이날을 하늘은 우리에게 또 다른 각도의 사랑을 선물해 주셨던 것으로 추억된다.

그러나 이날 내 마음의 현실은 아이를 데려가고 싶었다.

나는 아이가 석 달 반 동안 혼자 있을 때 먹을 수 있도록 김치 비빔밥 10봉지, 만두 15개씩 10봉지, 빈대떡 3장씩 10봉지를 만들어 냉동실에 넣어두었다. 그리고 그 외에도 아이가 즐겨 먹는 것들을 넉넉히 준비했다.

생각하면 이런 잔치가 있을까. 그리고 이것을 하루에 다 만들어 저장할 수 있는 힘이 어디서 솟아난 것일까. 정말 신들린 사람의 손처럼 그 많은 음식을 한나절에 거뜬히 지어냈다. 지금도 기절할 만큼 신기할 뿐이다.

그렇게 가볍고 좋은 맘으로 힘들지 않게 준비해 놓고 우리는 다음 진도를 재촉했다.

이것들은 아이에게 엄마와 가정의 향수도 되고, 성심으로 만들어준 아이 방 작은 인테리어는 나의 기억에도 행복했고, 어쨌거나 이때쯤에는 이 모든 것들을 기도하는 마음으로 마련했다.

저녁은 우리가 좋아하는 호수가, 근사한 식당에서 한 페이지 추억을 다시 액자에 넣어두었다.

이때쯤 우리는 다 준비된, 헤어지기를 기다리지 않는 여유 있는 시간 앞에 가장 너그러운 시간으로 흉금을 털어놓으며, 사랑의 말을 건넸다.

이튿날 비행기를 타고 서울로 향하는 날은 아이가 학교로 등교하는 개학날이었다. 대부분 개학하기 하루 전날, 바로 그 날을 택일해 돌아오는 비행기를 탄다. 왜냐하면 아이가 갑자기 허전하고 외로운 시간을 잊는 데도 좋고, 그동안 방학으로 만나지 못했던 친구들을 만나, 아이의 빈 마음이 제자리로 돌아오는 지름길이라 생각하기 때문이다.

만남과 작별을 되풀이하면서 앞으로도 얼마나 더해야 할지, 이는 어쩜 훗날 세상을 작별하는 전주곡처럼 느껴질 때도 있었다. 바로 이별을 연습하는 삶의 일부분으로 생각되어, 주어지는 모든 삶의 감각이 만져질 때도 있었다.

이 느낌이 헤어질 때 오는 상투적인 아픔이긴 했으나 때로 정도가 지나쳐 가슴이 실제로 아팠던, 그래서 가슴앓이가 뭔지 알기도 했던 그 기억이 가슴을 데우고 간다.

기억하면 이것도 고마움이리라. 서로 위로하며 안은 마음들은 우리에게 잊을 수 없는 한 절기로 남아 있다.

시대를 바꾸어 70년대 독일에 딸을 두고 간 어느 사람의 이야기다.

열여섯 살 아이가 홀로 머문 몇 년쯤 뒤에 담배 태우는 것을 아버지가 알게 되었다. 그것을 인정할 수가 없던 아버지는 아이를 그대로 서울로 데려갔다. 사실 그보다 더한 경우도 인정해야 했건만, 아버지는 아버지 감정대로만 결정지은 것이다. 딸의 생각과 의견은 안중에도 없이……

그후 그 아이가 서울에서 어떻게 지내는지 모르지만, 내 머리에는 한동안 그 아이의 어지러운 모습이 생각났다. 그리고 아버지의 마음에 대해 곰곰이 생각해 보았다.

아이를 이미 혼자 놔두기로 마음먹었을 때에는 부모로서 여러 가지를 각오해야 한다. 우선 아이가 혼자라는 것을 이해해야 하고, 부모의 직접적인 손길 없이 얼마큼 외로울까를 인정해야 한다. 그리고 외로움으로 인간이 저지를 수 있는 잘못을 용서해야 하고, 보듬어 안을 수 있어야 한다. 그것이 용납되지 않는다면, 아이를 절대 혼자 두어서는 안 된다.

예를 들어 담배를 피우는 건 인간이 못할 짓은 결코 아니다. 단지 얼마큼 빨리 시작하느냐가 논의의 관건일 뿐이다. 그것이 스무 살이건 열다섯 살이건 그렇게 큰 문제가 될 수는 없다. 아니, 열다섯 살에 경험해서 그것이 왜 나쁜지 알았다면, 아마도 그는 이미 먼저 세상을 살아낸 깨달음의 삶일 수 있다.

아울러 남자가 할 수 있는 짓을 여자가 해서는 안 된다는 논리는 21세기 오늘의 아이들에게는 오히려 반항심만 불러일으킬 뿐 아무런 도움이 되지 않는다.

아이들이 머리에 물을 들였든지, 머리를 길렀든지, 바지를 길게 끌었든지, 바지에 구멍을 냈든지, 담배와 술을, 연애를 했든지……, 이것들을 크게 문제 삼는 부모라면 아이를 절대로 혼자 두지 말라고 이르고 싶다. 이는 부모가 다시 먼저 시대를 배우고 가야 한다.

한번 곰곰이 짚어볼 문제다. 그러고 나서 답을 찾아야 한다.

아이도 씻고 싶지 않을 수도 있고 빨고 싶지 않을 수도 있고 모든 것이 귀찮아서 하기 싫을 수도 있다. 어른은 과연 그럴 때가 없는가? 하물며 아이가 홀로서, 왜 아니 그러겠는가.

이해하고 안아야 한다. 그저 보듬고 사랑해야 한다. 그것만이 아이를 돌아오게 하는 최선의 방법이다. 사랑으로 설득한 뒤 그래도 안 된다면 묵인해야 한다. 이미 아이는 넓고 열린 세상에 놓여 있다. 그리고 대신 아이는 자유를 배운다.

문화의 차이에서 오는 충격을 혼자 견뎌내느라고 힘에 겨울 대로 겨운 아이들을 조금은 느긋하게, 보지 못한 척 모르는 척 해야 한다. 그래야 아이의 가슴이 넓어진다.

그 넓은 가슴을 키우기 위해 그 어려운 고초를 이겨가며 집 밖에 내놓은 것이 아닌가. 아이들도 다 속이 있고 그들 나름대로의 세계와 사정과 이해력이 있기 때문에 믿을 수 있을 때까지 믿어야 한다. 반복되는 시행착오와 스스로의 체험을 통해 아이들의 생각은 넓어지게 되어 있다.

또한 아이들은 때가 되면 돌아온다는 진리를, 나는 적어도 믿는다. 아이들은 공부해야 한다는 강박관념과 홀로 있다는 외로움으로 인해 충동적일 수 있다. 때문에 부모는 넓은 마음으로 아이의 잘못을 이해하고 용서해 그 환경과 사정에 맞추어 조심스럽게 지도해야 한다.

그래서 아이의 성향을 파악해 엄마가 냉정하고 진실하게 이야기를 나누어야 한다. 그러면 아이는 부모의 진솔한 눈물이라도 배우게 된다. 그 뒤에 아이들은 부모의 마음을 알게 되고 느끼게 되고 어떤 것이든 자신의 부모가 가진 작은 일면을 존경할 수 있게 된다. 결국 부모가 뭔가 열심히 사는 모습은 무엇보다 좋은 삶의 본보기다.

이렇게만 된다면 아이는 잘못될 수가 없다는 것이 나의 생각이다. 부모가 꿋꿋이 바른 모습으로 인내했다면, 이 결과는 거의 공식이라 믿고 싶다. 물론 예외도 있겠지만 크게 벗어나지 않으리라.

모든 것에 대해 훗날을 상상해 보라. 부모들이 생각하는 잘못이라는 것들이 지나고 나면, 그렇게 별로 대단한 일도 아니지 않던가.

이러한 점을 생각해 부모가 여유 있게 열심히 살아주었다는 것은 자식을 키우는 입장에서 필수 조건이다.

부모 마음에 차지 않는다 해서 자식에게 폭력을 행한다면, 이는 위험천만한 사고다. 이는 언어폭력도 마찬가지다.

부모에 대한 신망과 존경심이 아이를 강하고 크게 키울 수 있다. 여기서의 존경심과 신망은 부모가 교수라거나 의사라는 전문 직업의 계층과는 별개의 것이다. 왜냐하면 이는 오히려 아이들에게 전문직의 부모에 대한 콤플렉스로 작용할 수 있기 때문에 오히려 아이 교육에 걸림돌이 될 수도 있다. 결국 상황에 따라 나름대로의 이유가 있어 그 부모의 조건은 어떤 부모이건 간에 각자 충분조건일 수밖에 없다.

때문에 작은 아주 작은 일에도 부모의 정성스러운 삶의 자세가 인생의 근면함을 전달하게 하는 최선이다. 따라서 무슨 일에 부지런한가는 살림이든 취미든 전문직이든 간에 일의 종류가 문제되지 않는다.

아이에게는 잘해야 한다는 압박을 가해놓고 엄마는 수다와 불만을 털어놓기 위해 이리저리 쏘다닌다면, 어떤 경우라도 아이에게 독이 된다. 차라리 이 경우, 아이도 이 친구 저 친구 수다를 떨며 불만을 털어놓기 위해 놀게 하는 것이 더 효율적일지도 모른다. 그렇다면 오히려 아이는 자유분방한 생활로부터 권태와 무모함을 깨달을 수 있는 속도가 어쩌면 어른보다 빨리 돌아올 수 있기 때문이다.

*

이 기간 중에 내가 헤어졌다 만날 때는 아이의 눈치를 살피기에 바빴고, 마음에 차지 않는 것들이 발견될 때마다 나는 가슴을 쓸어내리며 참아야 했다. 물론 더러 그러지 못할 때도 있었고, 다투고 지나갈 때도 있었다.

그러나 그런 때는 반드시 내가 먼저 어떤 방식으로든 안고 쓸어주는 것으로 화해하고 지나갔다. 그리고 헤어질 때는 거의 매번 아이가 내 눈물을 닦아주면서 "엄마 잘하고 있을게." 라는 말을 했다. 그래서 나는 그 말만 믿었을 뿐 다른 어떠한 생각도 하지 않았다.

이 이상 무슨 말을 들을 수 있었을까? 잘하고 있겠다는데, 더 이상 무슨 걱정과 상상을 해야 했을까? 오로지 이 말만 믿으며 또 3개월 반을 기다렸다.

설령 잘하겠다는 의지에 반해 아이가 잘못해도 할 수 없는 일이었다. 그것은 홀로 있는 외로움이 아이의 의지를 흔들었기 때문이다. 또한 이것은 반드시 지나가는 과정이기에 이해해야 했다.

부모는 내 아이가 가지고 있는 것만큼만 가지려 해야 한다.

내 아이에게 주어진 그만큼이란 것만으로도 만족하고 감사하고 행복해야 한다. 그 이상을 바라고 요구할 때는 아이가 잘못 가게 되어 있다.

생각해 보라. 그릇에 담긴 물이 이만큼인데 그 이상의 물을 마시라면 마실 수 있겠는가. 그렇다. 사람들은 오늘 내가 앉은 그 자리에서 만족하고 감사할 수 있어야 한다.

그것이 최선이고 그 최선이 행복이다.

내 아이의 그릇은 내 아이가 갖고 있는 바로 그것만큼 인정하고 만족하고 감사해야 한다. 바로 그것을 사람들이 잊고 사는 것이다.

오늘 다시 이 자리에서 나는 내 아이의 자연스러운 그 얼굴만큼, 어느 부위 머리 끝 하나만큼도 손대지 않은 그만큼으로도 고마워하리니, 그 고마움에 대해 크게 감사하리라.

그러다 보면 그 감사가 바로 행복한 마음이니라.

한 배

그리워하고 기다린다는 것은 값진 경험이란다. 여기서도 사랑의 힘을 배울 수가 있으니까.

다른 친구들에 비해 많이 슬퍼하거나 가난해하지는 않겠지?

혹시라도 그런 마음이 들어 네게 상처라도 생기면 어쩌나, 잠시 바람결에 노파심이 스쳤다.

혼자 지내야 하는 것이 어렵다는 것을 잘 알지만, 다른 한편으로 생각하면 그리워하며 기다린다는 것도 희망이 아닐까, 생각했다. 좀 어렵지? 그런데 그리워하고 기다린다는 것은 값진 경험이란다. 여기서도 사랑의 힘을 배울 수가 있으니까. 이는 훗날 알 수 있으리라.

우리는 좀 더 넓은 환경과 좀 더 먼 미래를 위한 비전으로,

---

* 딸이 열여섯 살, 10학년이었던 때에 보냈던 편지 몇 편을 딸과 떨어진 지 일 년째라는 시간의 기억으로 편집해 본다.

이 선택의 배를 함께 탔다. 한마음으로 동의했던, 어렵고도 신중한 판단을 기억할 수 있을까? 왜 이렇게 어려운 길을 자청했는지, 왜 아무도 반대하지 않고 일심동체로 동의했는지, 그 깊은 마음을 기억할 수 있을까? 왜 우리 모두는 이 선택의 결정 앞에서 그렇게 스스럼없이 공범자 같은 한마음이었을까? 넌 헤아릴 수 있지? 그러리라 믿는다.

정아야, 한 배를 탄 엄마를 공범자로 만들지 않을 거지? 이 말 뭔지 알지?

우리 속담에 젊어 고생은 돈을 주고도 살 수 없다는 말이 있다. 네가 여러 가지 어렵고 고달픈 점이 없지 않아 있겠으나 돈을 주고도 살 수 없는 어려운 인생을 스스로 선택한 것은 분명 값진 것임을 알아야 한단다. 우리 그것에 대해 믿고 감사하자.

그래, 정말 우리는 우리에게 주어진 삶에 대해 감사하고 겸손해야 한단다. 그 결과가 어떻든 그것이 중요한 게 아니란다. 네가 매일 매일 오늘이란 날들을 얼마큼 성실히 보냈으며, 얼마큼 정직했는지, 네 양심에 비추어 잘못한 것은 없는지 묻는 것이 중요하단다. 이러한 중요한 물음 앞에서 고민할 줄 아는 자세가 또한 사람들에게 주어진 삶이란다.

엄마는 너를 굳게 믿는단다.

그렇게 혼자 의젓하게 잘 지내고 있는 것이 얼마나 고맙고 대견한지, 그러면서도 "네가 조금만, 조금만 더 잘해 주었으면." 하는 간절함도 있단다.

우리 서로 많이 이해하고, 좀 마음에 안 드는 충고가 있더라도 의지와 신념으로 극복하기 바란다. 의지와 신념이란 의미를 생각해 볼 수 있지?

오늘도 너를 굳게 믿으면서 따뜻한 사랑의 말 전해 본다.

좀 힘들고 어렵더라도 지치지 말고 용기를 내어, 씩씩하게 자전거 바퀴 힘차게 굴리거라.

오늘도 어제같이 한결같은 마음으로 너를 향한 로사리오 올린다.

몸조심, 마음 조심, 예쁘게 하고 모든 것 실수 없이 네 실력만큼만 소유할 수 있도록 기도한다.

우리, 기도 중에 만나자.

엄마가

좋은 책은··· 일 년째 봄2

"책은 가끔 사람의 길을 인도하기도 하고, 사람을 순화시키며, 사람의 생각을 바른길로 데려간단다. 좋은 책은 좋은 스승이니라."

잘 지내지?

걱정하던 IGCSE(영국대학을 가기 위해 준비하는 시험)도 얼추 끝나가는구나. 자칫 시험에 묶인 노예가 되어 마음 다치지 말고 여유 가질 수 있었으면 좋겠구나.

너에게 늘 시험 공포증 같은 것이 있다 싶어 그게 마음에 걸리는구나. 중학교 때 우리 모두 받았던 스트레스 때문이었을까. 미안하다. 스스로 극복하도록 숨을 크게 들이쉬고, 마음을 자연스럽게 긴 호흡하고, 오늘을 후회 없이 살도록 노력하는 자세가 어떠한 결과보다도 중요한 과정이라 믿어지는구나.

결과보다는 네가 혼자 시험을 치르고 있는 그 과정이 지금 우리 모두에게는 중요한 사실이란다.

우리 삶에서 오늘이란 순간은 몹시 중요하단다. 네게 힘든 시간들은 우리에게도 힘든 시간들이란다. 엄마도 항상 너와 같은 마음이니 추워하지 말거라.

토요일, 총장님께서 학회에 가셨다니, 그 큰 집에서 네가 얼마나 힘들까 싶어 마음이 저릿저릿하다가도, 혼자 공부하고 잠자고 생활하는 네 모습이 용감하고 기특하게 보여 조금은 든든해지고 위로가 된다.

이것마저도 네가 누릴 수 있는 특권으로 받아들이라고 하면 이해할 수 있겠니?

어려운 시간 중에 네 안에 깃들인 작은 씨가 너도 모르게 싹을 틔우고 잎을 키워 머잖아 꽃망울을 터뜨릴 거라는 사실을 믿을 수 있니?

지금의 어려운 네 시간들은 훗날 보석이란다.

외롭지 않고 슬기롭게 보낼 수 있도록 좋고 즐거운 기억으로만 지내거라. 시험도 한 차례 끝나고 네 긴장이 풀려 늦잠을 잘 수도 있겠지만, 그래도 부지런해야 한다는 엄마 말 명심했으면 좋겠구나. 부지런해야 네 사고가 자라고, 좀 더 깊은 네 의식이 싹트고, 이 싹은 네게 용기가 되어, 의욕을 불러일으키게 된단다.

힘들면 자전거 몇 바퀴 돌고, 그래도 힘들면 산책하며 어린 철학자가 되어보거라. 그러노라면 네 안에 튼튼한 생각이 자라게 된단다.

수학이 남았으니 시간 많다고 방심하지 말고, 미비한 것은 선생님의 도움을 받아 해결하고 넘어가는 습관 다시 부탁한다. 아울러 남는 시간은 독일어, 불어 수업 준비도 여유 있게 하면 좋겠구나.

빈집에 혼자 있는 날은 주로 책과 친구하면 뿌듯한 시간을 보낼 수 있을 게다. 책은 가끔 사람의 길을 인도하기도 하고, 사람을 순화시키며, 사람의 생각을 바른길로 데려간단다. 좋은 책은 좋은 스승이니라.

주일날 졸업식에 참석할 때는 예의를 갖추어 예쁘게 입고 가도록 해라. 지나고 나면 많은 시간들이 아름답단다. 훗날 이는 사람의 마음을 행복하게 할 수 있는 것이니, 네게 주어진 많은 기회들을 뜻있게 보내거라.

좋은 생각과 바른 판단 할 수 있도록 네 사고력을 키울 수 있는 좋은 책들을 열심히 찾아보거라.

일기는 계속 쓰고 있는지, 편지 쓰는 습관도 조금 더 노력했으면 하는데, 엄마 욕심일까? 그런데 훗날 보람 있으리라.

빈집에서 오늘 하루도 힘들었지?

엄마가 누구보다도 잘 안단다. 엄마도 예전에 앞뒤 기숙사 모든 방이 텅텅 비었을 때, 혼자 있는 게 얼마나 힘든 하루였는지……. 그러나 그런 어려운 날들이 지나고 나면 우리의 만남이 얼마나 은혜로운 시간들인지…… 알 수 있지.

열 번 긴 호흡을 하고, 열 번을 세면 오늘 같은 시간은 금방 지나가게 된단다. 그리고 너는 틀림없는 삶을 선택했다는 자신이 생긴단다. 그렇게 네 삶에 신뢰가 있어야 뭐든 잘 견뎌낼 수 있단다.

우리, 우리를 믿으면서 우리가 선택한 삶에 감사하자.

그러자. 훗날, 훗날을 기다리자.

네게 밝고 건강한 오늘과 내일이 주어지기를 기도한다.

그리고 네가 웃음과 활기에 찬 삶으로 밝은 길 인도해 주십사 하고 두 손 모아본다.

오늘도 어제와 같은 기도를 드리면서 많이 행복했다.

토요일 맑고 흐린 날,

엄마가

큰 그릇으로 일 년째 봄3

　산다는 게 별 게 아니거든. 너도 살아보면 알겠지만, 사람은 어디에
서든 큰 그릇으로 대범할 수 있어야 한단다. 생각과 마음이 모든 것을
돕는단다.

　어제 즐겁게 지냈지?

　네 졸업식을 상상하면서 참석한 마음이 어땠을까?

　2년 후 바로 이맘때쯤, 그 자리에 주인공으로 서 있을 너를
생각할 수 있었니?

　아마 시간이 흐르면 기쁨과 보람 같은 행복들을 추억하면서
간간이 느껴야 했던 슬픔과 아픔까지도 네 것이 되어, 네 아름
다운 소녀 시절을 추억할 수 있을 거야. 그러고도 흐르는 눈물
이 있다면 그것은 감사한, 가슴 저 끝의 사랑으로부터 감사한,
바로 생의 원초적인 것을 깨닫기 시작하는 삶과 사랑 같은 감
사란다.

　부디 오늘 이 시간들을 소중하고 귀하게 다루거라.

지난주 드라마 시험 중에 무릎에 쥐가 났다는 말을 듣고 안타까움에 마음을 조였단다. 긴장이 돼서 그랬을 것 같아 더 신경이 쓰이더구나.

마음 편히 하고 여유 갖도록 하거라. 네 곁엔 항상 내가 있다는 걸 명심하고. 네가 좀 더 강하고 단단했으면 한다.

산다는 게 별 게 아니거든. 너도 살아보면 알겠지만, 사람은 어디에서든 큰 그릇으로 대범할 수 있어야 한단다.

생각과 마음이 모든 것을 돕는단다.

따뜻하게 편안한 마음으로 지내거라. 모든 것은 종이 한 장 차이니, 그렇게 크게 기뻐하거나 슬퍼할 일이 아니라는 것을 네가 조금 더 크면 알게 된단다.

늘 몸조심하고, 늘 편안한 마음으로 금쪽같은 하루 건강히 보내거라.

건강해야 한다.

부디 건강하거라.

맑은 날, 엄마가

건강도… <small>일 년째 봄4</small>

공부도 건강해야 할 수 있단다. 건강해야 모든 생각이 건강하고, 생각이 건강해야 생활이 즐겁고 의욕이 있어 부지런할 수 있단다.

5월 한 달 IGCSE로 온통 물들었는데, 한 주만 지나면 또 한 계절 지나가고, 시간이 정말 빠르지? 그동안 많이 애썼다.

어제오늘 집에서 점심 해결하느라 재미없었지?

엄마가 해두고 온 걸 요령껏 챙겨 먹기 바란다.

싫어하는 우유도 꼭 먹으면 좋은데.

공부도 건강해야 할 수 있단다. 건강해야 모든 생각이 건강하고, 생각이 건강해야 생활이 즐겁고 의욕이 있어 부지런할 수 있단다. 따라서 마음은 편안한 안식처로 겁날 게 없으며, 마음이 열리는 행복의 의미를 차츰 알게 된단다. 그러면서 사람은 진정한 자유가 뭔지, 마음의 자유를 조금씩 조용한 느낌으로 감각하게 되면서, 앎에 대한 깨달음이 서서히 시작된단다. 그러면 사람은 또 홀로 서는 것이 뭔지, 그리고 왜 살아야 하는지를 자신에게 물을 줄 알게 되며, 그래서 살아가는 이유를 가끔씩 물으며, 답이 없는 삶을 산단다.

그러나 분명한 것은 부정된 삶에 물들지 않도록 자기 자신을 구제하고 보호하며 사는 것이라 생각한다.

건강은 건강할 때 지켜야 한다고 했다. 사람들이 건강할 때는 자기 건강에 소홀하기 쉬우니 늘 명심하기 바란다. 특히 운동량이 부족한 것도 염두에 두어 자전거 타는 것 게을리 하지 말고, 학교에서 비는 시간에 체련실에서 운동량을 키우도록 명심하자.

일전에 자전거로 등교했다는 소리를 듣고 참으로 놀랐단다! 도대체 거기가 어딘데(30킬로미터 정도), 용하기도 하구나. 아주 좋은 일이지만 늘 언덕길과 산길, 그리고 건널목과 찻길을 조심해야 한다.

만약 자전거로 등교했다가 하교 길에 비가 오면, 자전거를 학교에 두고 학교버스 반드시 이용하는 것 잊지 말고. 빗길은 늘 위험이 도사리고 있으니, 위험한 것은 우선 피하도록 하자.

아름답고 산록이 찬란한 스탄베르크(아이 학교가 있는 지역 이름) 언덕길을 신나게 자전거로 등교할 때, 그 신선하고 상쾌한 기분이 얼마나 네게 무수한 기억으로 훗날 추억될까?

그것이 삶이란다. 그러한 조약돌 같은 추억들이 모여 삶을 이루는 것이란다. 상상하면 꿈같은 그림이란다.

우리 이 그림 잘 그려보자.

가끔 알프스 끝자락을 붙들고 숲 속 그윽한 벌판에 자리한, 옛 성으로 된 네 학교를 처음 방문했을 때의 감동이 떠오른다.

눈 덮인 알프스 산줄기와 잘 어우러진 들판, 주변 자연 환경에 반해 황홀해하던 기분, 그곳에서 네가 교육을 받게 된다는 설렘으로 행복했던 시간, 그 기회에 대해 얼마나 감사했던가. 그때 엄마는 그 감사한 마음이 이유가 되어, 누가 나에게 어떠한 잘못을 했든 세상 사람들을 용서하고 싶었다. 그렇게 감사하고 평안했던 기억은 지금도 내 마음의 예수님이다.

정아야, 넌 누구나 선택할 수 없는 고마운 기회를 갖게 된 거란다. 이 조약돌을 모을 수 있는 기회만으로도 우리는 감사해야 한단다. 부디 마음 예쁘게 단장하면서 그 좋은 것들을 좋은 것으로 마무리할 수 있도록, 고운 추억들 돌담 쌓는 정성으로 성심껏 노력하자.

마음이 허전하고 외로울 때, 자전거를 타거나 엄마 편지 모아놓은 것을 읽거나 하면 조금은 위로받을 수 있을 거야.

늘 네 앞에서 진솔한 마음을 열어 보이고, 밤하늘에 빛나는 별처럼 따뜻한 애정을 전하려 했던 내 마음이 네 가슴에 가 닿았으리라고 믿어본다.

정아야, 넌 우리 집의 나무지?

우리 모두 실망시키거나 가슴을 다치게 하는 일 없을 거지?

아직은 너에게 일러주고 싶은 게 많단다. 차츰 더 자라면 네가 혼자 잘 알아서 판단하겠지만, 아직은 열여덟 전이니까.

너를 혼자 놓아두어야 했던 마음 한구석이 시리고 아른거려, 거스름돈 1,000원이 잘못 와도 추운 날 밤길을 되돌아가 돌려주어야 했던 마음, 이런 산골짝 시냇물 같은 마음 읽을 수 있지? 네가 혼자가 아니라는 것도 알지? 그래서 네 외로움은 성장의 도구라는 것도 알지?

훗날 우리 이토록 가슴 시렸던 시간들에 대해 환한 이야기를 나누면서, 오늘 이 시간들 중에 아픔까지도 감사하자.

늘 따뜻한 시간이 네 곁에 머물기를 기도하면서, 오늘도 내일도 네게 진정한 사랑으로 그리움 달랜다.

몸 건강하고 잘 지내거라.

비 오고 흐리고 맑은 날,

엄마가

하느님 고맙습니다 일 년째 봄5

　사람들은 모두 언젠가는 홀로 서야 한단다. 조금 일찍 네가 홀로 섰다는 것이 안타까울 때가 있지만, 그만큼 네 정신적인 성장이 앞섰다고 생각하면 받아들일 수 있을 거야.

　유월 하루가 시작되는 주일이구나.

　오랜만에 나들이를 다녀왔단다.

　하루 잘 지내고 돌아와 전화하니, 그곳은 네 하루가 시작되는 아침이었구나.

　미사 다녀왔지?

　기분은 어떤지……, 상쾌한 생각으로 오늘 하루도 밝고 명랑하게 지내고 있지?

　늘 밝고 맑은 네 얼굴 떠올리면서, 그리고 네 생각으로 좋은 기억들 상기시키면서 네 이야기꽃을 피울 때, 우리는 이것이 행복이지 했단다.

　네가 가져다주는 선물이 가지가지였거든.

어제 편지 쓰다가 저녁미사 가느라 리듬이 끊겼구나.

그리고 통화 끝에 "잘 자." 하고 잠들었지.

이번 주 힘들겠지만 또다시 견디어 보자.

총장님께서 사흘이나 안 계신다니, 혼자 집에 있는 걸 생각하면 달려가고 싶은 마음 간절하구나. 그러나 혼자서도 의젓한 네 모습이 예쁘고 사랑스럽게 그려져, "하느님 고맙습니다." 했단다.

정아야, 시험 삼아 잘 지내도록 해보거라. 화요일과 수요일은 시험이고, 또 목요일과 금요일도 독일어와 불어 시험이 있으니 몰두하면 마음이 분산되지 않고, 오히려 홀가분한 마음으로 집중할 수 있을 거야.

사람들은 모두 언젠가는 홀로 서야 한다. 조금 일찍 네가 홀로 섰다는 것이 안타까울 때가 있지만, 그만큼 네 정신적인 성장이 앞섰다고 생각하면 받아들일 수 있을 거야.

우리는 사랑을 아는 사람들이야. 그리고 사랑할 줄 아는 사람들이지. 그것만으로도 우리는 위로받을 수 있단다.

어려운 시간은 재촉하지 않아도 곧 지나간단다. 잘 견디어 내거라.

엄마도 여행 가방 꺼내놓고, 네게 들고 갈 소설책을 사들이며 서서히 그곳에 갈 준비를 하고 있단다. 머지않아 네게 간다니까 마음이 동요되어 생각이 분주하고 벌써 네게 가 있는 것처럼 행복하단다.

　이번 주도 우리 잘 지내도록 힘내자. 조금만, 조금만 더 참으면 또 만나는 기쁨이 우리를 기다리고 있으니, 이 얼마나 고맙고 따뜻한 시간이니?

　그 시간 기다리면서 참고 힘내자.

　남은 시간 마음 굳건히 하여 잘 보낼 수 있도록 좋은 프로그램을 생각하자.

　기도 보내면서.

　　　　　　　　　　　　　　　　　　맑은 날,

　　　　　　　　　　　　　　　　　　엄마가

보람이 행복… 일 년째 봄6

배움이 네게 마음의 양식으로 머물러 있게 된다고 믿으렴. 그렇게 생각하면 모든 것이 보람으로 느껴지는데 그 느낌이 바로 행복이란다. 행복이 아주 멀리 있는가 했더니…….

어려운 시간들이 한 뭉치 지나갔구나.

시험이 사람을 그렇게 힘들게 하면서도 많은 것을 알게 함과 동시에 신선한 기쁨을 주기도 한단다. 얼추 한 달 동안 시험에 매달렸으니 인내심도 배우고, 끈기와 노력으로 자기 책임에 대한 실천도 배웠다고 생각한단다.

결국 시험은 공부에 대한 것뿐 아니라 삶에 대한 많은 것을 아울러 배우게 하는 좋은 약이니라.

그동안 엄마 도움 없이 혼자 고생했다.

힘든 것만큼 배움이 네게 마음의 양식으로 머물러 있게 된다고 믿으렴. 그렇게 생각하면 모든 것이 보람으로 느껴지는데 그 느낌이 바로 행복이란다. 행복이 아주 멀리 있는가 했더니 바로 네 옆에 있었지? 많이 컸구나.

어제 학교 개교기념일 축제는 의미 있게 보냈는지?

너무 무리하여 몸살 나지 않았을까 걱정했다.

생각나는구나. 지난해 이맘 때 한복 차림을 한 나를 쫓아오며 어느 나라에서 왔느냐고 묻던…….

그렇지. 그해도 알프스 산 끝자락이 보일 만큼 청명한 하늘이었지. 교정에는 수십 개의 천막이 준비되었고, 세계 음식을 한자리에 차려놓은 진풍경이었지. 당시 한국 학생이란 초등학생 한 명과 함께 두 명뿐이었지. 그때 우리는 운이 엄마가 제안하고 수고해서 빈대떡과 잡채를 들고 참가했는데, 사람들이 줄을 서서 우리 음식을 기다렸었지. 결국 제일 많은 수익과 함께 제일 먼저 끝냈었지. 해마다 제일 먼저 철수했다는 일본과 마주하고서…….

물론 이 수익금을 우리는 기쁜 마음으로 학교에 내놓았지.

그런데 여기서 우리는 일본에게 배운 게 있었어. 이 작은 학교의 작은 행사에도 불구하고 이 도시의 일본 외교관들이 많이 참석했다는 사실 말야. 이 세계 음식이 차려진 노천 축제에서 과연 일본 외교관들은 무엇을 배우고 얻어 갔을까. 여기서 나는 한국 외교관들에게 묻고 싶었지. 당신들에게 가장 중요한 첫 번째 업무는 무엇인가 하고…….

일본 학부형들의 단합된 앞치마와 친절 또한 이색적인 풍경으로, 국가를 홍보하는 데 좋은 인상을 주었지. 물론 우리도 급한 대로 한복을 예쁘게 입고 한국을 알렸지만, 다른 한국인은 한 명도 구경할 수 없어 아쉬웠지. 결국 고무신으로 발가락이 부었던 열 시간의 하루는 우리들끼리의 성공으로 묻혔고.

어느 나라 사람인지 30분 이상 내 뒤를 따라다녔다는 사람이, 어느 나라에서 왔느냐고 황홀하게 묻던 기억, 생각하니 이 한복과 한식은 완전한 민간외교로 성공이었지. 이후 나는 국외 개인전 때마다 마다하지 않고 한복을 뽐내게 되었지.

지난해 학교에 건의한 한국 국기가 크게 걸렸다니 좋구나. 나라가 안정되고 튼튼해야 국제사회에서도 인정받을 텐데. 너희 세대에는 좀 더 당당하고 위상 있는 국가가 되었으면 싶구나. 외국에 나가 있으니 태극기도 소중하고, 모국어에 대한 젖줄 같은 향수와 고향도 느끼게 되고, 자기 나라 문화의 소중함을 깨달으며 역사를 소중히 여기게 되지.

조금은 이른 나이에 유학을 하게 되어 안쓰러운 일들도 많지만, 네게 많은 힘과 용기가 생겨 세상을 값지고 뜻있게 터득할 수 있는 의지가, 너 스스로 돕기를 기도한다.

일요일 아침, 너를 깨우면서 좋은 하루 되기 바란다.

시험 끝에 축제와 함께 많이 피곤했지. 그렇더라도 늦잠 자지 말고 10시 미사 가거라.

청소와 빨래도 하고, 창문을 활짝 열고 환기도 시켜보거라.

틈을 내 정원에서 풀 뽑으시는 할머니 일도 도와드리고, 그런 만큼 신선하고 상큼한 땀을 흘릴 수 있을 거다.

긴장이 풀어지면 건강을 해칠 수 있으니, 엄마가 보내준 책들을 다시 꺼내 읽어보고, 그 외 학교에서 빌려온 여러 종류의 책들을 부지런히 읽어두거라. 그것이 바로 네 재산이 되리라.

자전거 타는 것 늘 조심하고, 페달을 힘 있게 돌리거라.

좋은 생각으로 네 시간들 채우도록, 내 기도가 네게 간다.

더위가 시작된 맑은 주일 아침에,

잠든 네 얼굴 그리면서, 엄마가

기다림은… 일 년째 봄7

우리에게 기다림은 얼마나 소중한지, 그리고 다시 만남을 위해 새로운 마음으로 마주할 수 있다는 것은 축복이다. 이로서 행복해할 수 있다는 감정은 바로 은총이리라.

오랜만이지?

그동안 학교 마무리와 떠날 준비에 정신없이 바빠 전화만 했구나.

어찌 그리 사람 사는 일에, 시간은 빛 같은 속도를 느끼게 하는지! 지난주 친구들과 보낸 네 시간도 빠르게 지났지?

이번 주부터 멀티 프로그램으로 여유 있게 보낸다니 나름대로 좋은 시간이다. 그 시간도 한 번쯤은 해볼 만한 경험이다.

무리하지 말고 침착하게 남은 하루를 보내거라.

긴장이 풀리면서 혹 감기에 걸리는 일 없도록 조심하고.

23일 에어프랑스 1516편으로 저녁 7시 55분에 도착한다. 그리고 24일에는 학교를 방문해 담임선생님과 교감선생님, 진학

담당선생님 등을 방문한 뒤 총장님 댁에 들른다. 이태리에는 가능하면 이틀날 25일에 떠날 예정이고, 열흘 정도 피렌체에 머문 뒤 바로 부다페스트로 가게 된다. 거기서 일주일 동안 학회에 참석하거든. 그리고 11일경에 북독에 계신 교수님을 방문한 뒤 계속 북으로 숲으로…… 움직이련다.

네가 할 일은 24일 학교에 가서, 만나야 하는 선생님들께 면담 시간을 약속 받아놓으렴. 달력에 정확히 적어두는 것도 잊지 말고. 그리고 바퀴 달린 가방을 꺼내어 이태리와 북쪽나라 가는 짐을 챙기도록 하거라. 여름옷을 주로 하고 긴소매 두어 개 걸치는 스웨터를 챙기거라. 짐은 가능한 한 간단히 꾸리고, 책은 이곳에서 많이 준비해 가니, 네 필요한 것만 챙기거라.

그리고 이번 주말에는 대청소, 빨래 등 모든 것을 정리해 놓고 떠날 수 있어야 한다.

일의 마무리도 시작만큼 중요한 거 알지? 모두 잘할 수 있지? 마음 편히 하고 우리 기쁘고 따뜻하게 만나자.

수첩에 모든 것을 꼼꼼히 적어놓고 엄마가 당부한 것들을 빠트리지 않도록 하자.

엄마는 네가 책임 있는 생활을 키웠으면 한단다.

.

우리에게 기다림은 얼마나 소중한지,

그리고 다시 만남을 위해 새로운 마음으로 마주할 수 있다

는 것은 축복이란다. 이로써 행복해할 수 있다는 감정이 바로
은총이리라.

　오늘 하루를 손꼽아 기다리면서 또다시 느낄 수 있었단다.

　벌써부터 네게로 가 있는 내 마음이 행복해 있었으니까.

　　　　　　　　　　　　　　　무더위가 시작되는 때,

　　　　　　　　　　　만남을 손꼽아 기다리면서, 엄마가

동화의 집 회상 3

이날도 하늘은 스스로 돕는 자를 도왔으며, 하늘은 언제나 작은 것에 감탄하시며, 아름다운 기적 같은 이야기들을 함께 그려주시고 계시다는 믿음을 확인했다.

그해 여름도, 그러니까 30년 전, 1975년 유학 시절, 어학코스에서 처음 만나 오늘까지 친구가 되어 있는, 신과 자연과 동물과 함께 사는 이태리 친구 집에 머물던 7월이었다.

그해 방학도 『천년의 사랑』을 비롯한 신간 서적 몇 권과 가난과 사랑에 대한 토픽으로 『맥베스』와 『테스』, 『욕망이라는 이름의 전차』, 『위대한 개츠비』, 『해는 또다시 떠오른다』, 『세일즈맨의 죽음』, 그리고 그해 노벨 문학상을 받은 네루다의 시집 『스무 편의 사랑의 시와 한 편의 절망의 노래』 등을 사들고 갔다.

이 책들을 포함해 4년 반 동안 들고 다녔던 100여 권이 넘는 책들은 우리가 떠날 때 다른 사람을 통해 성당의 한글학교에 선물했다.

우리는 『테스』에 대해, 청교도적인 도덕에 관해, 인간이 만들어 놓은 악법에 대해 많은 이야기를 나누며, 테스의 사형에 대해 슬퍼했다. 지금도 그 시절은 그리움의 바다가 되어 출렁거린다.

그렇게 지나던 그날 밤, 그윽한 산속의 친구 집에서 일어난, 잊을 수 없는 동화 한 편의 아름다운 이야기가 있다.

검은 오리 소동이었다. 기억하면 폐부까지 싱긋한 인간적이고 인간적인, 동심에 동화되었던 순수한 기억이다.

아이들 인성에 가슴 데우며 잠들지 못하던 날, 그날은 나에게 사랑스러운 별밤이었다.

친구의 집은 피렌체 시내에서 30분 정도 산으로 올라가면 병풍같이 드리운 산 정경 그윽한 곳에 시가지가 한눈에 내려다보이고 드문드문 아주 정겨운 고택들이 보인다. 그중에 하나 유서 깊은 돌담집! 르네상스 때 지었다는 기록이 남아 있는 고풍스러운 돌담의 인정스러운 고택, 100년도 훨씬 전쯤 친구 외조부의 농부가 살던 집으로, 지금은 마구간이 거실로 고쳐진, 내가 자주 찾는 집이다. 아직도 이 댁에는 3대째 그 농부의 아들이 과수들을 돌보고 있다.

30년 전 내가 처음 이 집을 방문했을 때는, 마구간을 고치지 않은 채였다. 그러나 1980년 친구가 결혼하면서 이 집을 문화재 보존 상태에서, 문고리까지 놓아둔 채 약속대로 리모델링해 살고 있다.

나는 이 집을 시간이 허락할 때마다 들른다.

정신없던 삶의 호흡을 고를 수 있는 고마운 자리로, 내 생의 한 부분을 기록하는 삶의 물 맑은 곳이다. 올리브를 비롯한 온갖 과수를 거두어들이는 넓은 들판으로 산책하다 보면, 어느새 석양이 황홀하게 펼쳐지며 하루를 마감하게 한다.

그날도 이태리 중남부의 전형적인 무더운 여름 날씨에도, 한 300년쯤 된 두 그루 뽕나무 그늘 아래서, 근사한 저녁 식탁을 물릴 무렵이었다. 해가 저물어 어둠이 시작되면서 열네 살 딸과 여섯 살 아들이 각각 흰 오리와 검은 오리를 잠재우기 위해 집안으로 불러모으고 있었다.

누나의 흰 오리는, 돌아오지 않는 검은 오리 때문에 집으로 들어가지 않고 혼자 대문 앞에 웅크린 채 앉아 있었다.

아이들은 동생의 검은 오리를 부르며 찾으러 다녔다.

그런데 검은 오리는 끝내 나타나지 않는 것이다.

우리는 후식을 뒤로 한 채, 해가 떨어져 어둠이 짙게 깔린 저녁 들판으로 검은 오리를 찾아 나섰다.

어둠은 도둑처럼 순식간에 내렸다.

우리는 장대를 하나씩 들고 숲을 헤치면서 "구악, 구악……." 오리의 울음소리를 흉내내며 두 시간 동안 헤매었다. 그래도 검은 오리는 나타나지 않았다. 그러자 조금씩 지쳐가기 시작했고, 아이들도 상심하기 시작했다. 어둠과 함께 길을 잃은 검은 오리는 습성대로 어딘가에 몸을 바싹 웅크린 채 잠들고 있음이 분명했다.

그날 밤 그렇게 요란하게 오리를 찾아야 했던 이유는 오리가 밤새 죽을 가능성이 많았기 때문이다. 밤중에 여우가 내려와 가축을 먹어치우는 일이 종종 있었던 것이다. 이미 그러한 경험을 한 그들은 혹시 검은 오리도 뼈만 남긴 채 어딘가에서 발견될지도 모른다는 끔찍한 예감에 휩싸였다.

아이들은 비록 동물일지라도 생명의 존엄성에 대해 몸소 체험하고 있었던 것이다. 더욱이 이 검은 오리를 비롯한 모든 동물들은 아이들에게 자식과 같은 존재로 그들의 여행길에서도 언제나 걱정거리기도 했다.

언젠가 우리 집에 방문했을 때에도 아이들은 동물들을 걱정했던 적이 있었다. 마치 남겨두고 온 자식을 생각하듯, 밥은 먹었을까, 우리에 잘 들어갔을까 걱정하며 정겹게 훌쩍이기도 했다.

그날 밤 자정이 넘도록 아무도 잠을 자러 가지 않았다. 어둠 속에서 움직이지 않는다는 오리의 생태를 알면서도 어른이나 아이 할 것 없이 마음을 놓을 수 없었던 것이다. 이렇게 모두 비탄에 지쳐 있을 때, 갑자기 딸아이가 기발한 아이디어를 냈다.

아이는 팬티와 브래지어를 비롯한 온갖 빨래거리가 든 빨래통을 통째로 들고 내려와 빨래에 샤넬 No. 5 한 병을 몽땅 뿌렸다. 그런 다음 올리브나무를 비롯한 자두, 포도, 사과, 배나무…… 등에 적나라하게 걸어놓은 뒤, 라디오 한 대를 복숭아밭 한가운데 놓고 작게 틀어놓았다. 소리와 냄새로 여우가 내려오지 못하도록 한다는 발상이었다.

부모가 자식의 안위를 걱정하는 것처럼 오리는 아이들의 자식이었다. 열네 살 아이의 간절하고 절묘한 방안을 보면서 나는 하늘도 무심하지 않을 거라는 생각을 했다.

그뿐만이 아니었다. 대문 앞에 슬리핑백을 놓고 마실 줄도 모르는 진한 에스프레소 커피를 한 주전자 끓여놓고, 밤새 마시며 잠을 자지 않겠다는 거였다. 지극히 인간적이고 인간적인 의지였다. 나는 그저 감동할 뿐이었다.

아마 그날 밤 책을 읽으며 오리를 기다리겠다는 착한 의지의 영혼은 슬프거나 우울하지 않았으리라. 내 영혼마저도 행복하게 했던 그 기억은 아직도 내 마음을 데운다.

그때 나는 내일이면 오리가 살아올 것만 같은 이상한 믿음이 있었다. 하늘이 이 아이들의 슬픔을 거둘 것만 같았다.

나는 아이의 순수한 마음을 쓰다듬으면서 아이를 놓아둔 채 겨우 잠자리에 들어갔다.

이런 게 바로 사람살이라는 생각을 하면서.

이미 여섯 살 된 검은 오리의 주인은 울다 지쳐 꾸벅꾸벅 졸 더니 누나의 설득에 안심한 듯 잠자러 들어갔고, 다른 사람들도 하나씩 잠자리로 돌아갔다.

자연과 함께 살아온 이 아이들의 본성이 얼마나 순수하고 인간적인지, 생명과 자연의 소중하고 아름다운, 그 자연스러운 교육을 통해 훗날 무엇이 세상을 지배할 수 있을지, 나는 우리 아이들의 사고와 교육에 대해 비유하고 생각하지 않을 수 없었다. 그리고는 우리 사회 속에서 자라야 하는 아이들 생각에 지친 가슴이 답답하다가 슬펐다.

이런저런 생각으로 엎치락뒤치락하면서, 내일 아침 뼈만 남게 될 수도 있다는, 가여운 오리 생각에 잠을 이루지 못하다가 겨우 잠이 들었을 때였다.

갑자기 한밤중에 집안에 온통 불이 밝혀지고, 딸아이는 이 방 저 방 사람들을 깨우면서 그야말로 야단법석이었다. 오리가, 오리가 돌아온 것이다. 검은 오리를 안고 입을 맞추며 춤추듯 돌아다니는 아이는 정말 행복해서 어쩔 줄을 몰라 온 식구를 다 깨워놓은 것이다.

그때는 이미 삼경쯤 되는 새벽이었는데, 잠옷 차림의 아이 모습이 춤을 추는 것처럼 아름다웠다.

그 모습은 천사였다. 그리고 바로 그 모습이 행복이었다. 그 날 밤 아이는 참 행복해 보였다.

신기한 사실은, 어둠 속에서 움직이지 않는다는 오리의 생태에 미루어본다면, 한밤중 어둠을 뚫고 주인에게 돌아온 이 오리는 아마도 사람들의 영혼이 전달되어 살아서 회귀한 것이 아닐까 생각되었다.

이날도 하늘은 스스로 돕는 자를 도왔으며, 하늘은 언제나 작은 것에 감탄하시며, 아름다운 기적 같은 이야기들을 함께 그려주시고 계시다는 믿음이 있었다. 이날 이후 우리는 이 동물 가족과 더 친숙해진 마음으로 따뜻한 날들을 보냈다.

그해 여름도 행복한 기억을 한 줌 안고, 그 그윽한 산중에서 우리를 성심껏 마음과 가슴으로 반겨주는 친구로부터 내년을 기약하며 떠나왔다.

집 뒷산 작은 생명들이 살다 간, 동물의 영혼들이 묻혀 있는, 그래서 그 동물들의 무덤가에는 아이들이 따다 놓은 들꽃과 보랏빛 라벤더로 덮인 산중에, 사람 사는 정이 흐르는 인정스러운 옛 집을 그리면서 떠나왔다.

풀꽃으로 둥근 관을 만들어 월계관같이 아이들 머리에 씌우고 한없이 오르내리던 숲길을 그리면서, 그리고 친구 마음에 자정(慈情)한 자연을 그리면서…….

*

　학회에 들러 북유럽의 숲과 그림 같은 도시들의 여행길에서 다시 나는 이런 것이 사는 건데, 이런 것이 행복인데 되뇌면서 서울의 유혹으로부터 멀리 벗어나고 있었다.

　욕심 없는 생을 살자고, 조용히 맡은 일에 성심을 다하자고, 서로에게 조용한 힘이 되어 주자고 다짐하면서, 예정대로 우리가 머물 뮌헨 집으로, 지구를 돌아 들어왔다.

　그런데도 가끔은 "고양이까지 집에 늦게 돌아온다……."는 아이의 울음이 몇 번씩 내 가슴을 흔들었다. 그래서 나는 어떻게 하면 좋을지 가는 곳마다 생각을 곱씹으며 두 손을 모으고 다녔다. 몇 번이나 성모님 치맛자락을 붙잡고 쓰다듬고 매달리던 기도, 이 기도는 우리들 마음에 촛불을 켜는 의식이었다.

　내가 오래된 성전을 비롯해 많은 십자가를 찾으며, 찾는 곳마다 불을 밝히며 올리던 촛불기도를 아셨을까. 우리에게는 은혜가 있었다.

　여행을 떠난 이유는 여러 가지가 있었지만, 무엇보다도 그 여름은 아이가 나를 기다리는 동안 행복한 기억으로 외로움을 달랠 수 있도록, 많은 시간들, 두고 두고 가끔씩 꺼내보아도 좋은 따뜻한 추억을 남겨주려고, 생각과 시간에 공을 들이며 다녔다. 그래서 아이의 기분보다 더 앞서 가고 있었다.

또한 이 여행은 훗날 아이에게 남겨줄 수 있는 산교육이라고 굳게 믿으면서, 점수 같은 것은 염두에 두지도 않고, 내 방식대로 교육을 믿었다.

그때까지만 해도 우리는 TOEFL이나 SAT가 어떻게 생겼는지 알지도 못했다. 학교도 이에 대해 알려주지 않았을 뿐 아니라, 이를 위한 전폭적인 함몰은 지금 우리가 선택한 산교육과 위배된다는 판단을 했다.

우리가 당시 무엇보다 중요하게 여긴 것은 열여섯 살의 아이가 혼자 살아내야 하는 마음의 양식 같은 지식을 습득하는 거였다. 만일 그것을 습득한다면, 어느 대학이든 충분히 갈 수 있다고 확신했다. 아울러 점수가 인생의 전부가 아니라는 것을 내가 알아가고 있었다.

그렇게 하려면 엄마로서 모진 마음이 필요했다. 물론 이렇게 하는 것이 가장 좋다고 말할 수는 없다. 다만 나는 내 아이에 대한, 그리고 우리 환경을 누구보다 잘 알기 때문에 우리 아이에게 적합한 교육 방법을 택했다고 확신하는 것이다.

공부라는 것은 지금 시점에서 스스로에게 가장 적당한, 다시 말하면 자기 몫의 할 일 같은 것이라는 사실을, 그렇게 되면 자연스럽게 스스로 행복한 마음으로 할 수 있게 된다고 믿게 하고 싶었다.

인간으로 기본이 충분한 아이에게 아이비리그(Ivy League,

미국 동부에 있는 8개 명문 대학의 총칭)를 요구하며 욕심낸다는 것은 아이 건강과 정신 건강에도 좋지 않을 뿐더러, 과욕이 부르는 벌을 받을까 두려운 생각도 없지 않았다. 그래서 가능한 나는 형편대로 순리를 따랐다.

이곳까지 와서 과외를 시키며 법석을 떠는 것은 아니라고 판단되었다. 결국 우리는 기회가 되는 대로 데리고 다닌 그 여행 비용으로, 과외비를 지출한 것이다.

이 과외비는 다시 돌아올 수 없는 소중한 보석 같은 시간으로, 가끔씩 우리 가슴에서 살아 빛으로 돌아온다.

지금 내 자리에서, 아이가 그곳 학교생활을 따라가 주는 것만으로도 고마워했다. 어린 나이에 부모와 떨어져 혼자 남아 외국어로 알아듣고 살아야 하는, 그리고 외국어로 보고서를 쓰고 시험을 보아야 하는 일이 결코 쉬운 일은 아니다. 그 사실을 부모는 인정해야 하고 만족해야 하며 고마워해야 했다. 그래야 아이에게도 용기가 되고 새로운 힘이 생긴다.

처음에는 나도 이를 잘 터득하는 편이 못 되었다. 살면서 느끼면서 체험하면서 깨닫게 된 나는 아이에게 좋은 추억을 안겨주려고, 그리고 가능한 외로움을 달랠 수 있는 시간들을 선물하려고 애썼다.

그때는 그 일만이 무엇보다도 급하고 중요한 일이라고 판단했던 것이다. 편안한 마음을 갖도록 하는 것이, 그래서 좋은 마음으로 그리워하며 지내는 것이 아이에게 가장 중요한 일이라고 굳게 믿어 의심치 않았던 것이다.

그러나 나의 교육 방법이나 가치관에 대해 옳다고 누구에게나 주장하고 싶지는 않다. 이는 첫째로 도처에서 가슴으로 교육하는 뜻있는 많은 부모들의 또 다른 체험을 들을 수 있기 때문이고, 다음은 아이의 환경과 성격과 시점에 대해 가장 적당한 방법으로 교육하는 지혜를 보았기 때문이다.

결국 아이가 소화할 수 있는 적합한 교육 지도를 선택해야 한다는 뜻이다. 단지 다른 사람들의 방법들은 잘 요리하여 참고할 수 있을 뿐이다.

우리 삶은 기도 중에 얻어진 삶들이고, 들어주신 기도 중에 이곳까지, 지금 이 선택된 자리, 이 시간에까지 와 있으니 감사하자고, 그리고 따뜻한 사랑하는 마음으로 오늘 같은 하루들을 기다리는 마음으로 희망하자고, 아이에게 주먹을 꼬옥 쥐어주고 떠나왔다.

여러 날 중에 바로 아이 손을 잡고 다녔던 이날 하루도 잊을 수 없던 산고의 하루였다.

홀로 다시 남아야 하는 아이의 가슴이 어땠을까.

그냥 눈을 감아야 했다.

하늘은 스스로… 일 년째 가을1

내가 나를 잊고 소홀히 할 때 누가 나를 기억하며 관심을 갖겠니? 하늘은 스스로 돕는 자를 돕는다는 말이 정말 명언인 것을 너를 두고 오면서 더 실감하는구나.

잘 지내고 있지?

독일 떠나온 지가 벌써 2주일이나 지나, 이제야 마음잡고 앉았단다. 편지를 쓰고 싶은 생각이 간절했지만, 날마다 전화를 한다는 이유로 오늘에야 시간을 내었구나.

그간 학교 일이 많이 바빴구나. 그나마 추석 연휴가 있어서 분주했던 학교생활을 한숨 돌리는 때란다.

오늘은 할아버지 산소에 교통 체증 없이 잘 다녀왔고, 내일부터는 좀 쉴 생각이란다. 몇 가지 밀린 일들을 정리하면서 이번 추석도 집에서 너와 조용히 지낼 작정이구나.

네 생각 많이 하면서, 세상에서 가장 많이 사랑하는 네게 정

* 여기부터는 같은 해 8월 서울로 귀국하여 9월, 아이의 11학년이 시작되던 때부터다.

98

성스러운 예식의 기도도 생각하고 있단다.

엄마 마음을 성모님께서 읽어주실 것 같은 예감이구나.

정아야, 우리 살자. 여기엔 아무 수식어도 필요가 없단다.

오늘 우리에게 주어진 날들을 감사하면서 성실한 마음으로 공들이며 살아가자구나. 그래야 누구라도 우리를 돕는단다.

내가 나를 잊고 소홀히 할 때 누가 나를 기억하며 관심을 갖겠니? 하늘은 스스로 돕는 자를 돕는다는 말이 정말 명언인 것을 너를 두고 오면서 더 실감하는구나.

네가 건강하게 학교생활 하는 걸 감사하면서, 오늘도 네 하루의 은총을 기도한다.

밝게 잘 지내.

오늘도 굳건한 네 얼굴의 함박웃음 믿으며,

사랑으로.

엄마가

열일곱 살 생일에… 일 년째 가을 2

다 주어도 좋은 사랑을 보낼 사람이 있다는, 이 좋은 딸을 주신 은혜에 대해 축복이고 행복이라며 감사했다. 열일곱 네 생일에 '사랑'을 선물한다.

열일곱 살 예쁘고 싱싱한 나이를 축하한다.

아침에 전화를 넣었더니 한발 늦어 등교했더구나.

마음으로 네 생일을 축하했다.

며칠 동안 피곤하게 생일 축하받느라 고단했지. 감사한 중에 몸조심하기 바란다.

여기저기 초대 받아 다니느라 늦었나 보지?

숙제와 밀린 과제 어쩌나 걱정되는구나.

다시 시작하는 10월 한 달도 힘차고 굳은 마음으로 명쾌하게 시작하기 바란다.

네가 보낸 가난과 문학에 대한 토픽 네 생일에 네 생각하며 정리했다. 혼자 얼마나 끙끙댔는지 안쓰러운 마음으로 교정보며 정리했구나.

찰리 채플린 영화를 보았다니, 그 영화는 현대사회의 몰개성화에 대한 반성을 촉구하는, 산업사회가 낳은 빈부 계층의 상황을 현실감 있게 대변하는 명작인데, 안젤라 엄마와 대화했다면 유익한 시간이었으리라 생각한다.

찰리 채플린의 흑백영화는 산업화가 태동해 성장하는 시대적 상황에서, 차별받는 여인과 노동 계층이 어떻게 도덕적으로 몰락하고 비인간화되어 가는지를 보여주는 작품이다.

물을 수 있다면 낭만주의의 선두 작가 블레이크의 시에 대해서도 문의하면 좋겠구나. 이 두 사람의 작품은 많은 공통점을 지니고 있단다. 혹시 선생님과 대화가 가능하다면 대화 중에 흥미를 갖게 될 수 있을 것이다.

정아야, 왜 배우고 있는지, 왜 우리가 헤어져 지내야 하는지, 그 이유를 분명히 알고 있을까?

그 이유를 확실히 안다면 반드시 따뜻한 인생을, 작은 행복에서 느끼는 자유와 존재의 의미를 알게 된다고 엄마는 굳게 믿는다.

사랑하는 정아야,

열일곱 살 생일에 내가 네게 빠져버렸다는 것을, 얼마큼 너를 사랑하는지 다시 알았구나.

네게 부담이 안 된다면 천 번 만 번 사랑한다고 하련다.

열일곱 살 되는 아침에 서울의 먼 하늘을 향해 우리 딸에게 용기와 사랑을 보내며 기도를 드렸구나.

누구에게 나를 이렇게 다 줄 수 있을까?

다 주어도 좋은 사랑을 보낼 사람이 있다는, 이 좋은 딸을 주신 은혜에 대해 축복이고 행복이라며 감사했다.

열일곱 네 생일에 '사랑'을 선물한다.

매일 기도하는 마음으로, 사랑스러운 네 하루들이 무사하고 건강하기를 기도하며, 늘 네 마음속에서 너와 함께 지내고 있다.

용감하고 성실하게 네 힘찬 미래를 꿈꾸고 가거라.

신의 사랑이 우리 딸 열일곱 살이 시작되는 날, 그 머리에, 은총이 내려지기를 촛불 밝히면서…….

오늘도 네 생각에 행복했다.

엄마가

새롭게 일어나거라 일 년째 가을3

오늘 네가 힘들고 아파도 훗날 돌아보면 세상 무엇과도 바꿀 수 없는 아름답고 소중한 추억이 되도록 하루를 정성스럽게 날마다 새로운 마음으로 새롭게 일어나거라.

네게 무언가 잘해야 한다는 충고를 하고 나면 늘 내 자리도 돌아보게 된다.

생각하니 심리학이란 과목 자체부터 생소한 데다가 언어에 대한 용어 문제도 있었겠구나. 충분히 이해가 간다. 그러면서도 너에 대한 아무것도 포기할 수 없는 인생의 가르침 때문에 또다시 쓴소리를 했구나. 늘 안 그래야지 하면서도.

정아야, 이런 엄마 마음을 이해해 줄거지.

우선 정아야, 흥미를 가져보아라. 한국말로 된 심리학 책을 반복해 읽도록 해보자. 그리고 이해되지 않는 단어를 국어사전부터 찾아 뜻을 해결하고, 반복해 읽어보자. 그래도 안 되면 선생님께 매달려야 한다. 이러다 보면 하나씩 해결될 수 있단다.

정아야, 이는 네 부족한 탓이 절대 아니니, 부끄러워하거나 실망하지 말거라.

네 중학교 2학년 한국어 실력으로, 그리고 네 2년 반 동안의 영어 실력으로 그 심리학 용어를 이해하지 못하는 건 당연한 일이며, 힘들어하는 것도 지극히 정상이란다. 이곳에서는 대학에서 배우는데 혼자 하려니 얼마나 애쓰고 있을까. 안쓰러운 마음으로 네 마음 안아본다.

무엇보다도 이해되지 않는 부분은 선생님께 묻도록 해라. 묻는 건 절대로 부끄러운 일 아니다. 그 습관 또한 중요하단다. 과목이 어려울수록 선생님과 친하게 지내도록 지혜를 발휘하거라. 그곳 선생님들께서 분명히 잘 도와주신다. 모든 선생님들께서 우리를 관심으로 보살펴주고 계시니, 아무 걱정 말고 예쁘게 질문하면서 선생님께 도움을 구하거라.

정아야, 용기를 갖고, 자신감을 갖고, 꾸준히 노력하면서 굳게 이겨내기 바란다.

이렇게 살아가는 것이, 이러한 노력으로 어려움을 극복하는 것이 인생을 바로 사는 길이라고 감히 이를 수 있을 것 같구나. 뜻있는 삶은 그렇게 쉽게 얻어지지 않는다는 것을 네가 알수 있었으면 하고 생각해 보았다. 하지만 너무 어려운 것도 아니니, 차근차근히 풀어보거라.

부담 대신 자신을 갖고, 단지 시간만은 네 것이어야 한다.

그러한 네 시간 속으로 소중하게 들어가거라.

시간을 금같이 알면서, 뭔가 끊임없이 알아가면, 그래서 네 마음의 양식이 정성스럽게 쌓인다면 반드시 그 대가는 하늘이 주신다고 굳게 믿거라.

늘 마음가짐, 몸가짐 예쁘게 하고, 성숙한 네 자리를 지킬 수 있는 사람이 되도록 오늘도 어제와 같은 마음으로 기도드린다.

지난여름 너무 많이 여행을 다녀놓고 네게만 책임을 묻는 것은 아닌지 나도 반성했단다. 심리학이며 서양사에 대해 좀 더 이야기했어야 하는데, 긴 시간 내가 너무 쉽게 생각하고 네게만 책임을 지운 것은 아닌가 미안해했다. 내가 그 책임의 반을 나누었어야 했는데, 엄마도 경험이 없어서……. 미안하다.

확실한 발전과 진보가 있을 때 의욕도 생기고, 마음도 즐거워 어려운 시간들을 극복할 수 있다고 엄마는 생각한단다.

그렇게 오늘의 네 인생을 학교에 맡기면 인생이 단순하고 지루한 것처럼 느껴져도, 지금 네 상황에서는 그 길이 최선이란 걸 알게 된다.

오늘 네가 힘들고 아파도 훗날 돌아보면 세상 무엇과도 바꿀 수 없는, 아름답고 소중한 추억이 되도록 하루를 정성스럽게 날마다 새로운 마음으로 새롭게 일어나거라.

정아야, 엄마 말을 마음에 담아두면서, 바른 판단으로 하루 하루 소중하게 보내거라. 건강하고, 감기 조심하고, 뭐든 잘 먹고, 그리고 공부도 성심으로 해야 한다.

잘 지내자.

엄마가, 네 마음 사랑하면서……

어려움을 선택한 마음 일 년째 가을4

사람이란 누구나 모든 것을 다 가질 수 없다는 것을 익히 알아야 하
고, 네가 좀 더 나은 조건과 환경에서 교육받을 수 있다는 것만으로도
이미 많은 것을 가진 것이다.

오늘은 이런 생각을 했구나.

이곳에서는 고등학교 2학년, 네 나이면 그저 하나도 공부,
둘도 공부, 열도 공부 그저 공부밖에는, 부모 자식 간에 대화
가 오로지 '공부'란다. 아닌 경우도 물론 있겠으나 거의 보편
적인 교육 문화가 이쯤 이르렀으니 우리 사회의 교육 미래가
심히 우려되는구나.

정아야, 이곳 생활을 생각하면서 네 어려움을 예쁘게 극복
하기 바란다. 공부를 포함해 가끔 저녁식사 걱정도 해야 하고,
청소도 빨래도 스스로 해결해야 하는 상황이지만 어려운 중에
서도 '선택'이었다는 걸 생각할 줄 알아야 한다.

공부는 바로 자기 자신을 위해 하는 것이어야 한다. 그렇게
단순히 상전으로 떠받들어 공부만 시켜야 한다는 우리네 교육

은 문제가 있어도 크게 있다는 생각이다.

그것은 훗날 사물을 바른 생각으로 판단하는 데도 문제가 될 수 있거든.

지나친 자기 이기와 자기 위주로의 관념에서 빠져나오기 힘들기 때문에, 사회는 갈수록 건조할 수밖에 없다는 예감이 든단다. 그래서 부모 자식 간에 혹은 가족 간의 해체가 늘면서 상대방에 대한 배려가 교육으로부터 감당하기 힘들어지는 추세가 아닌가 싶다.

세상이 온통 자기 이기에 빠져 있다. 바로 이것이 잘못된 교육에서 비롯된 것이라 생각한다. 사람 사는 세상에 우리네 현실적인 교육의 문제점이 마음을 슬프게 동요시키면서 안타깝지만, 어쩔 수 없는 늪으로 빠져들고 있다는 생각이다.

이러한 생각이 들 때마다 네가 교육 받는 그곳 환경에 다시 없이 감사하고 있다. 그래서 네가 이겨야 하고 감사할 수 있어야 한단다.

어떤 어려운 경우더러도 이러한 생존경쟁을 피해 넓은 세상으로 날 수 있게 된 네 눈과 귀와 느낌에 대한 감정적 기회에, 네 의지가 이겨낼 수 있어야 한다고 생각했다. 그로써 네 어려움의 모든 보상은 충분한 것이라 생각할 수 있어야 한다. 무슨 뜻인지 알지?

네가 우리 곁에서 언제까지나 늘 함께 있기만을 바라지만,

인간은 언젠가 누구나 홀로 스스로의 인생을 책임지며 살기 때문에 너를 그곳에 두고 올 수 있었다는 생각을 했다.

우리는 좀 어렵더라도 사람이 되어가는 것을 바르게 알기 위해, 그리고 진정한 오늘을 위해 모든 것을 극복할 수밖에 없다고 위로했다.

아프고 힘들더라도 오늘 네게 처해진 환경과 조건에 감사하거라. 사람이란 누구나 모든 것을 다 가질 수 없다는 것을 익히 알아야 하고, 네가 좀 더 나은 조건과 환경에서 교육 받을 수 있다는 것만으로도 이미 많은 것을 가진 것이다. 그리고 그것은 네 스스로가 선택한 삶이란 것에 대해, 그리고 너와 같은 나이의 친구들에게 조금은 미안한 생각도 할 줄 알면서 겸허한 마음으로 감사하자.

네가 이런 마음을 갖게 되면 모든 것은 참으로 고맙게 생각되고, 네 생활이 좀 더 쉬워지면서 소박한 마음으로 받아들일 수 있으리라 생각한다.

그 힘들고 어려운 것들은, 훗날 네게 보약이 된다는 사실을 믿을 수 있다면, 네 마음은 따뜻하고 든든해진단다.

늘 잘 지내고 있다고, 유선을 타고 흐르는 네 목소리를 듣고야 잠들 수 있는 우리는 네 마음을 따뜻이 안고 기도하며 잠든다. 그래, "이만큼 지켜주시고 이만큼 베풀어주신 것에 감사합니다." 하는 감사 기도를 안고 잔다.

오늘 유난히도 네가 보고 싶은 안쓰러운 마음에, 마음을 몇 번 두드렸구나.

건강하고 씩씩하게 잘 지내거라.

너를 안고 잠들면서.

정아 생각 많은 날,

엄마가

작은 기도 일 년째 가을5

모든 것은 다 지나가게 되어 있단다. 의연하거라.
늘 네 곁에 계신다. 그리고 늘 도와주신다. 그렇게 임하면 훨씬 마음
이 두렵지 않고 편안하리라 생각한다.

다시 또 한 주가 마감되는 금요일이다.

지난 주말에는 네가 에세이 쓰느라 고생한 듯 이렇게 저렇
게 전기 줄같이 느껴졌단다.

늘 성실한 마음을 유지하고 지내면 하느님께서도 어떤 방식
으로든 반드시 도와주신다.

벌써 치과 갈 때가 되었으니, 시간이 너무 빠르구나.

치과 가는 일은 걱정하지 말고 초연하게 대처하기 바란다.

수술하는 날 시간 맞추어 엄마가 의사 선생님께 전화하마.

모든 것은 다 지나가게 되어 있단다. 의연하거라.

늘 네 곁에 계신다. 그리고 늘 도와주신다. 그렇게 임하면

훨씬 마음이 두렵지 않고 편안하리라 생각한다.

수술이 끝나고 20~30분 정도 누웠다 일어나거라.

하루 이틀 몸 추스른 뒤 산적해 있는 과목들을 생각하자.

필요한 자료를 미리 부탁하면 이곳에서도 조사해 보내주마.

다음 주부터는 대학에서 시험이 시작되기 때문에 조금 마음의 여유가 있단다. 하지만 금요일부터 일요일까지 작업을 해야 하고, 그러고 나면 11월이구나.

너를 만나고 싶은 마음이, 날을 자꾸 앞당겨 셈하는 버릇이 생겼구나. 벌써 머리 속에서는 12월까지 몇 번을 왔다갔다했단다.

피곤한 금요일 오후, 사랑스런 마음으로 두 손 모으거라.

사랑하면서,

엄마가

삶은 '오늘'을 쌓은 매일 매일 일 년째 가을6

인생은 굽이굽이 사연과 이야깃거리를 탄생시키며 물 흐르듯 자연
스럽고 자유롭게 살아가는 것이란다. 이러면서 사람은 단단해지고 커
지면서, 새로운 힘과 용기로 사랑을 깨달으며 영혼의 신발을 신을 줄
알게 된단다.

치과라면 그렇게 무서워하더니, 혼자 수술하고 해결했다는
생각을 하니, 사람은 역시 상황에 처하면 '안 되는 일이 없구
나' 하는 생각을 했다.

힘들었지? 왼쪽 수술을 일전에 했으니까 조금 덜 무서우리
라 생각은 했지만 어쩌나 하는 안쓰러운 마음이, 네 수술 시간
에 맞추어 가슴을 쓸어내렸단다.

그러다가 이것도 네게는 큰 경험이었으리라 생각하면서 문
득 쓸어내리던 손을 멈추고 감사할 수 있었다.

앞으로는 무슨 일이든 미루지 말고 현명하게 대처하기를 바
란다. 모든 것은 습관에서 비롯되니, 늦었다 생각지 말고, 생
각나고 깨달을 때 바로 시작하자.

병원은 일찍 찾을수록 가볍단다. 미루면 미룰수록 곪는단다.

정말 힘들었지? 대견하다는 생각이 드는구나.

기운 처지지 말고 힘내어 다시 또 생활 시작해야지.

우선 창문부터 활짝 열고 공기를 순환시킨 뒤 짐 정리 방 정리…… 알지, 엄마가 무슨 말을 하려는지? 책가방 미리 챙겨두고 밀린 신문들 읽어보면서 다시 책상에 앉아 네가 해야 할 일들을 한 가지씩, 즐거운 마음으로 꺼내어보자.

요즘은 네가 부쩍 큰다는 생각을 한단다.

왜 그런지 네가 든든히 믿어지고, 네 앞길을 스스로가 끌고 가리라는 믿음이 나를 편케 하는구나.

무슨 마음일까, 분명히 그렇게 잘 자라주었다는 믿음과 앞으로도 제 삶을 책임지고 갈 것 같은 생각이 들기 시작했단다.

단지 가끔 안쓰럽다는 느낌 때문에 너를 어린이같이 안아보지만.

스스로 선택한 삶에 대해 인생의 의미 있는 삶을 살고 있다고 하면서도, 한 가지 안타까운 사실은 네가 혼자 있다는 거였다. 그것이 가끔 나를 아프게 해 안쓰러운 마음을 주워 모아 기도하지만, 이것은 분명 우리가 여러 개 삶의 방식 중에서 최선의 삶을 선택했던 것이기에 이겨야 한다는 생각이구나.

많은 걸 선택받은 조건에서 많은 이들의 부러움과 선망의 대상이 되고 있다는 사실만으로도, 오늘 네게 주어진 삶에 대해 감사하거라. 그리고 그 감사의 힘으로 외로움을 극복하고 장하게 서야 한다.

엄마 말 무슨 말인지 알지?

인생은 굽이굽이 사연과 이야깃거리를 탄생시키며 물 흐르듯 자연스럽고 자유롭게 살아가는 것이란다. 이러면서 사람은 단단해지고 커지면서, 새로운 힘과 용기로 사랑을 깨달으며 영혼의 신발을 신을 줄 알게 된단다.

그 길이 바로 인생의 바르고 고운 행로란다.

사람은 그저 끝도 없이 배우다가 앎을 통해 순간과 시간에 감사하고 느끼면서, 그렇게 자신의 인생에 대한 날개를 펼 줄 아는 자유를 알고 사랑을 깨달으면서, 삶의 경건한 자리에서 심호흡하며 사는 것이란다.

오늘도 내일도 크고 작은 차이의 별것이 없음을 알면서, 그저 하루같이 변함없는 마음으로 매일 매일을 살 줄 알아야 한단다.

네가 스스로 무언가 해내고 나면 뿌듯하고 편안한 느낌을 경험한 적 있지 않니? 그것이 바로 산다는 즐거움이고 보람이고, 무엇보다도 산다는 그 자체의 '오늘'이란 거란다.

한 걸음씩 한 걸음씩 삶이 무엇인지 의미 있게 걸어가기를 바란다.

그리고 그 삶은 바로 오늘들을 매일 매일 어김없이 쌓아놓은 '하루' 라는 것이란다.

끝도 없이 사랑 보내면서,
네 건강과 마음의 평안을 위한 기도를 심으면서……

엄마가

우리 집 대문 일 년째 가을7

그 이해와 용서 때문에 네 인생길이 잘못 돌아간다면 거꾸로 나는
네게 용서받을 수 없는 잘못을 범하는 게 아닌가도 생각해 보았다.

이제 시작되는 11월, 길다면 긴 인생에서, 순간의 이 11월이
네게 얼마큼 중요한 시간일까 생각해 보았다. 그렇다. 이 시간
은 한번 주어진 네 용기와 의욕으로 직결되는, 네 인생에서 중
요하다면 중요한 향방의 설정일 수 있다.

11학년이 가장 힘들고 어려운 때이면서 그중에도 11월이 네
게 돌이킬 수 없는 중요한 시간이란 것을 다시 한 번 신중하게
생각하면서 밀고 가거라. 네 마음고생에 엄마가 함께 간다.

이가 아픈 것은 괜찮은지, 마음이 걸리는구나.

아픈 부위와 염증이 아물도록 간절한 마음 올린다.

늘 몸조심하고 미리 대처하는 자세로 몸 살피기 바란다.

오늘은 이런 생각을 했다. 사람은 호기심과 잘못된 습관으

로 아차 하는 순간에 길을 잘못 가는 수가 있다. 나는 지금 네가 어떠한 잘못을 했다 하더라도 이해하고 용서할 수 있지만, 그 이해와 용서 때문에 네 인생길이 잘못 돌아간다면 거꾸로 나는 네게 용서받을 수 없는 잘못을 범하는 게 아닌가도 생각해 보았다. 엄마가 지금 많은 부분을 이해하고 너그러운 것은, 네가 때로 혼자 지내고 있다는 안타까움과 가여움 때문이라는 것을 알고 있지? 그러나 그럴수록 너는 스스로에 대해 책임져야 한다는 것도 알고 있지?

인생은 쉬운 게 아니란다. 사람들은 좀 더 나은 삶을 살기 위해 오늘을 희생하면서 산단다. 가끔 네가 아파하고 힘들어하는 듯하면 그냥 너를 데려다 곁에 두고 지낼까도 몇 번 생각해 보았다. 그러나 이는 네가 돌아오겠다고 하지 않는 한 벌써 내 문제가 아닌 네 문제가 되어버린 것임을 깨닫게 된단다. 하지만 언제라도 네가 너무 힘들고 이러다가는 안 되겠다 판단되면 언제라도 엄마에게 돌아와야 된다. 너희들은 세상에 둘도 없는 부모들의 생명이니까.

너를 향한 우리 집 대문은 언제든 열려 있단다.

우리 힘들더라도 굽이굽이 굽은 고비 슬기롭고 지혜롭게 넘도록 좀 더 힘내자. 무엇이든 묻고 의논하고 힘을 합해 풀어가도록 하자.

네가 지내는 시간들이 모두 좋은 것만이 아니라는 것을 엄마는 누구보다 잘 안단다. 그 시간들 중에는 호기심 많고 자유롭고 즐겁고 행복한 네 시간들도 물론 있었겠지만, 반면 이겨내야 하고 참아야 하는, 안타깝도록 외롭고 두려운 시간이 있다는 걸 나는 많이 이해하고 있단다.

언제라도 힘들고 아플 때 엄마와 친구하는 것 잊지 말거라.

네가 이 명심을 잊을 때, 우리는 많은 것을 잃을 수도 있는 위험에 봉착할 수 있단다.

정아야, 우리 서로 믿고 의지하지?

네가 우리 가정에 질서와 안위를 지켜줄 수 있는 일원으로 성숙해 있다는 걸 엄마는 알고 있단다.

잠재된 능력도 충분하고. 다만 그것은 네 노력과 인내, 극복으로 이루어진다는 것을 알고 있단다.

우리 미래도 중요하지만 오늘이 얼마나 소중한지도 알지? 네가 엄마 아빠보다 좀 더 나은 인생을 살기 바라는 마음은 단순한 삶의 희망이라 생각하거라. 그리고 이것은 욕심이라기보다는 주어진 환경에서 그릴 수 있는 현실이라, 순리라 자연스럽게 생각하거라. 그러면 느낄 수 있다.

용기를 내거라.

이제 나는 새롭게 연결되는 네 삶의 우연을 포함한 모든 인연의 기회들까지도 네 인생길의 섭리라는 걸 믿는단다. 네가 이겨주기만 하면, 흔들리지 않고 바로 걸어가 주기만 하면, 엄마가 가보지 못한 또 다른 생까지 갈 수 있다는 진리를 굳게 믿는단다.

행여 엄마 말이 부담스럽거든, 그래서 마음이 힘들거든 쉽게 생각하거라. 그러나 분명 오늘 주어진 네 길은, 오늘 네가 살고 있는 진정한 길인 것은 믿고 살아야 한다고 이르고 싶구나.

그것이 바로 내가 며칠 전 네게 일렀던 '오늘'이란 하루들을 매일 매일이라는 개념으로 쌓아놓은 거란다.

정아야, 바로 그것이 인생이 아닐까?

네 마음 믿으면서, 두 손으로 너를 도우며 내일을 기다린다.

엄마가 굳게굳게 믿으면서…….

엄마가

잘 자란 나무 일 년째 가을8

잘 자라서 잘생긴 나무를 보아라. 사람들에게 얼마나 유익한 존재로 지내다가 한겨울 속으로 돌아가는가. 잘 큰 나무는 천둥 번개에 모진 풍파를 이기고 견디어 살아남은 나무란다.

겨울이구나!

갑자기 날씨가 추워졌다.

잘 키워낸 나무 한 그루도 그 화려하던 잎을 찬란히 떨구며 겨울 속으로 잠들러 가는구나.

사람들은 나무 한 그루를 잘 키워내기 위해, 얼마큼 열심히 물과 거름을 주고 들여다보며 관찰하는지 아니?

나무 또한 사랑을 받아야 잘 자란다는 말이 있단다.

엄마는 너를 잘 자라게 하기 위해 마치 나무를 키우듯 열심히 물을 주고 거름을 주고 살펴보며 사랑하며 정성을 들인다고, 바로 그 마음들을 글로 대신하고 있다는 마음을 생각할 수 있겠니?

잘 자라서 잘생긴 나무를 보아라. 사람들에게 얼마나 유익한 존재로 지내다가 한겨울 속으로 돌아가는가. 잘 큰 나무는 천둥 번개에 모진 풍파를 이기고 견디어 살아남은 나무란다.

잘 이기고 굳게 지키면서 버티어 선 나무는 봄에 어여쁜 꽃을 피우며 사람들의 마음을 즐겁게 해주고, 그 싱싱한 잎을 피우며 한여름 사람들에게 시원한 그늘을 주고, 가을에 다시 유익한 열매를 주면서, 겨울에는 그들의 영혼 속으로 사라져 간단다. 잘 자란 나무는 겨울에도 하얀 눈꽃을 찬란히 피워 아름다움의 절정으로 사람들의 사랑을 받는단다.

이런 나무를 항상 마음의 거울로 삼거라.

엄마가 이렇게 집념하여 네게 글을 보내는 이유가 도대체 무얼까 생각해 보았다. 첫째는 자식에 대한 엄마로서의 모성 본능이고, 둘째는 네가 열여덟 살 전이어서 네 행동의 80퍼센트 이상을 부모가 책임져야 한다는 의무 때문이고, 셋째는 자식까지 돈으로 키워야 하는 어리석은 사회 정서에 대한 반발 때문이다. 그래서 어느 선물을 사 보내는 것보다, 돈을 많이 주어 사고 싶은 것을 사라고 위로하는 것보다, 엄마가 어렵사리 만들어낸 시간 앞에 써놓은 예쁜 말과 애정으로 좋은 생각 보내는 것이 최선이라 판단했다.

이것이 자식을 키우는 부모의 진정한 자세라는 생각에는 이제 신앙처럼 굳어졌구나.

아름다운 나무로, 정(靜)하고 바른 나무로 서는 데 도움이
될까, 삶의 어려움을 극복하고 노력하는 인생에서 사랑과 용
기로 설 수 있는 힘이 모아질 수 있을까, 하는 마음으로 이렇
게 쓴단다.
이렇게 편지를 쓰고 있으면 물결 일던 가슴이 잔잔해 지면
서, 틀림없이 네게도 그런 느낌의 위로가 전달되리라는 생각
이구나.
마음엔 텔레파시가 통하거든.
우리 영혼의 신발 다시 신어보자.
편지 쓰는 동안도 즐거웠구나.

엄마가

하늘의 뜻 일 년째 가을9

사람의 뜻대로는 안 된다는 게 있다는 걸 경험으로 알고 있단다. 사람들이 노력하고 감사하고 기도하고 성실하면 하늘도 돕는다는 것을 믿고 있단다.

지난밤 네 전화를 기다리며 새벽 편지 쓰다가 일어나 다시 하루 시작을 네 편지로 시작했다. 좀 전에 컴퓨터로 전화하는 것을 시험하다가, 곤히 잠든 너를 새벽에 깨워서 정말 미안하구나. 계속 잠은 잤니?

컴퓨터의 위력이 새삼스럽구나. 하나씩 배워가는데 재미있고 신기하구나.

이번 주말에도 알찬 시간 보내거라. 과제도 공들여 하고, 스피치 연습도 미리 해두고. 다음 주 토요일에 학교에 가게 되니, 그 시간에 할 것을 이번 주에 반드시 해두어야 한다.

힘들면 자전거를 타는 거 알고 있지?

물리학과 심리학을 새로 공부하니, 얼마나 부담될까? 그저 엄마도 안타까워 발을 구르는 심정이구나. 도울 수 있다면 어떻게 도울지, 방법이 있으면 말하렴.

수학은 재미있다니 마음이 놓인다만, 그렇더라도 실수하는 것을 잘 파악해 집중하고 침착했으면 한다.

정아야, 모든 것이 네 마음에 달렸단다. 마음을 단단히 먹고 편한 마음으로 침착하게 한 걸음씩 한 가지씩 풀어가고 해결해 가자.

모든 것은 하늘의 뜻이니, 편한 마음 갖도록 하거라.

"모든 것은 하늘의 뜻입니다."라고 그저 겸손하게 네 마음을 하늘에 맡기거라.

엄마는 사람의 뜻대로 안 된다는 게 있다는 걸 경험으로 알고 있단다. 사람들이 노력하고 감사하고 기도하고 성실하면 하늘도 돕는다는 것을 믿고 있단다.

늘 기도하며 성실히 지내거라.

사람이 진실로 기도하면 두려움이 없어지며, 마음도 편안해 행복해진단다. 이렇게 우리의 간절한 바람은 하늘도 언젠가는 도와주신다고 믿는다. 또한 그렇게 믿음을 갖고 있다는 것은 축복이요, 은총이란다.

네 믿음을 굳게 하고, 마음을 하늘에 의지하거라. 그렇게 하면 방황이나 잡념이 없어진단다.

엄마 말, 이해할 수 있겠니?

삶은 우선 생활로부터 즐겁게, 행복해하며 지내야 한단다.

어둡고 슬프게 살아야 할 어떠한 이유도 시간도 없구나.

무슨 말인지 알고 있지?

간밤에 깨워서 잠드는 데 어려움은 없었는지, 혹시 숙제를 하다가 늦게 잠든 것은 아닌지, 망설이다가도 일이 많을 듯해 아홉 시에 깨운다. 웬만하면 일어나서 하루를 시작하자. 마음 먹기에 따라 잠도 내쫓을 수 있으니, 조금 힘내어 일어나자.

잠, 다 달아났지?

우유 마시고, 양파 섞은 계란부침이라도 만들어 야채와 함께 아침식사로 하루를 시작하자.

오늘 하루도 네 건강한 하루 위해 두 손 모으며.

추운 날, 엄마가

자신의 부피만큼··· 일 년째 가을10

사람에게는 모두 자기에게 주어진 자기만큼의 그릇이 있단다. ······잘못 생각하면 자신의 처지를 무작정 남에게 비유해 기가 죽고 비관도 하는데, 이는 사람들이 자기 자신이 가진 소중한, 즉 자신의 부피를 미처 보지 못하여 남의 큰 것만 찾아 탐하고 범하는 우(偶)이니라.

잘 지내고 있지?

엄마도 바쁘게 지내고 있단다.

요즘은 서울 날씨가 많이 풀렸구나.

그곳 날씨는 여전히 춥지? 먹는 것은 따뜻이 먹는지, 옷과 몸은 단정한지, 가다가 가끔씩 걱정이 침입하는구나.

늘 명심해 기본적인 의식주를 정갈하게 하고, 정돈과 청결한 생활습관을 통해 품위 있는 교양인으로 성숙하기 바란다.

학교 끝나고 거리에서 빵 사 먹는 일은 없는지?

참았다가 사들고 집에 와서 접시에 담아 먹거나, 빵집에 들어가 점잖게 앉아 먹도록 할 거지? 엄마가 보고 있다고 생각할 거지? 그래, 그렇게 습관을 들이도록 하자.

선생님께서 추천해 주신 댄스 수업도 기회라고 생각하고, 유익한 시간이 되도록 하거라. 댄스는 나중에 유용하게 필요할 때가 있으니, 교양을 겸비해 진지하게 배워두면 좋단다.

엄마는 네가 전해 주는 기특하고 대견한 소식에 위로받으며 이것이 행복이라 이르고 지낸단다. 네가 학교에서 추천을 받고 능동적인 활동으로 새롭게 움직일 때마다 너를 스탄베르크에 잘 두고 왔다고 행복해한단다.

너를 굳게 믿을 때마다 나는 새로 태어나는 마음으로 자식에 대한 또 다른 믿음과 신의에 대해 떨림을 느끼기도 한단다.

그 떨림은 "이 작은 사람에게 어찌 이리도 많이 주시나이까?" 하는 감사란다. 그리고는 진정한 평온의 들판에 나를 눕힌단다. 이해할 수 있겠니, 이 마음?

그 마음이 있어 네가 어떤 잘못을 하더라도 용서할 수 있고 안아줄 수 있고, 또다시 사랑을 시작할 수 있는 엄마 마음 알 수 있겠니? 분명 너도 엄마의 부족함까지 이해해 주리라 믿는다. 그래, 그렇게 서로 이해하고 용서하고, 누군가에게도 배움도 줄 수 있는, 그런 믿음으로 근사하게 살자꾸나.

의젓하고 당당한 사람으로, 단단한 아름다운 길 가거라.

세월은 지독히도 잘 가는구나.

벌써 11월 중순, 내일은 오케스트라를 연주해야 하고, 그 다음날 Speech Debate 떠나면 주말에 돌아오겠구나. 그러다 보면 시험과 과제로 11월 씨름하다가 12월을 맞지 않겠니?

엄마는 너를 만난다는 기다림만으로도 감사한단다.

어렵고 힘들 때, 우리에게 이러한 소중한 만남이 반복된다는 또 다른 삶이 있다는 것에 대해 감사하자.

그래, 네가 이렇게 생각할 수 있을 때 너는 성큼 커버린, 잘 자란 싱싱한 아름다운 나무가 되는 거야.

엄마는 그렇게 믿고 있어.

친구 집에 있는 동안 예의 잘 지키고 사랑받으며 지내거라. 친한 친구일수록 예의는 필요하며 또한 동서양의 문화적 차이가 있으니, 잘 판단하거라.

그곳에서도 좋은 교육을 받기 바란단다.

가끔 식사 예절과 매너를 접해야 할 때 걱정스럽구나. 어려서부터 예절과 품위를 배워야 하는데, 우리가 함께 있는 시간이 적고 친지들하고도 접할 기회가 적어 이를 배우지 못하고 넘어가는 것이 가끔 안타깝게 생각된단다.

네 나이에 많은 것들을 바르게 배워두어야 하는데…….

다행히 네 주변 친구로부터 가끔씩 접해 배울 수 있다는 좋은 면도 있으나, 때로는 네가 기죽지 않을까 염려되는 부분이 없지도 않단다. 하지만 기죽지 말거라. 사람에게는 모두 자기에게 주어진 자기만큼의 그릇이 있단다.

남의 것이 다 근사한 것만은 아니란다. 잘못 생각하면 자신의 처지를 무작정 남에게 비유해 기가 죽고 비관도 하는데, 이는 사람들이 자기 자신이 가진 소중한, 즉 자신의 부피를 미처 보지 못하여 남의 큰 것만 찾아 탐하고 범하는 우(偶)이니라.

네가 잘 알아 소화하고, 친구에게 뭔가 줄 수 있으면 된단다. 그렇게 되면 네가 더 많은 것을 가졌느니라.

시간 되면 다시 쓰마.

늘 건강하고 행복한 마음으로 꿈의 날개를 펴거라.

사랑으로, 엄마가

경험은 배움으로…

상은 받으면 좋지만, 보고 듣고 경험하는 것만으로도 배움이 있으니, 기억되는 시간으로 남는 것이 더 중요하단다.

피곤하지? 아침에 통화하려고 했더니, 잠에서 깨어나지 못하는 것 같아 편지를 보낸다.

연주회는 잘 끝났는지?

Speech Debate 가는 준비는 잘해 놓았는지?

이것저것 알아서 해야 하고, 아울러 시험 준비도 해야 하니, 우리 딸, 훤칠 컸구나.

이곳에서 그려보는 네 생활도 무척 바빠 보여 안타깝구나.

길 떠날 때 침착하고 서두르지 말 것이며, 기도 속에 움직이거라. 그리고 상 받는 것에 집착하지 말고, 편안한 마음으로 다녀오거라.

상은 받으면 좋지만, 보고 듣고 경험하는 것만으로도 배움이 있으니, 기억되는 시간으로 남는 것이 더 중요하단다.

성심을 다하는 것만이 진정한 상일 것이니, 마음으로 기도하며 참가하기를 바란다.

네가 친구 집에 가 있어 한결 마음이 놓이는구나. 그렇지 않으면 이른 아침 기차역에 나가거나, 오케스트라 연주가 끝나고 밤늦게 귀가하는 것도 걱정했을 텐데, 친구와 같이 움직이게 되어 고맙게 생각한다. 친구랑 같이 지내는 동안 좋은 시간을 갖도록 하거라.

친구 식구 모두에게 고마운 마음 전하고 기사 아저씨에게도 고맙다는 인사 잊지 말거라.

비행기표는 12월 18일 목요일 뮌헨―파리―서울행으로 준비해 놓았으니 집으로 배달될 것이다.

Speech Debate 다녀오면 마음잡고 시험 준비하는 것 명심하거라. 그곳에서 떠날 때 들뜬 기분은 이미 기차에서 정리해야 한다. 마음을 잘 조절하도록 힘내자.

선생님께서 이번 시험의 중요성을 강조하신 것 보면 적지 않게 중요한 시험이라 생각된다. 그저 침착한 자세가 얼마나 중요한지 명심하고 잘해냈으면 한다. 오늘 네게 주어진 과제를 충실히 해야 진정한 오늘이 있으며, 내일 또한 옳은 길로 인도받을 수 있단다. 얼마 남지 않은 학기, 용기 잃지 말거라.

우리는 다시 만나는 소중한 시간이 있으니, 그 만남에 서로 살아온 시간들을 선물하자.

우리 마음으로 감사하면서, 기다림으로 최선을 다하는, 우리 식구 모두 자기 삶의 시간에 책임질 것을 약속하자.

네게만 요구하는 노력이 아니고 엄마 아빠도 노력하며 사는 거 알지? 네가 잠깐 집중적으로 노력하고 나면, 12월 엄마 만나는 날이 쉽게 온단다. 하루라도 학교 수업 더 받으려고 18일 떠나오겠다는 말을 들었을 때, 네가 커 보였단다.

네 정신 자세가 옳다고 기뻐했구나.

마음에 부담되는 중압감이 생기더라도 시험을 앞둔 사람이라면 누구나 같은 심정이라는 걸 알고, 태연히 밀고 가거라.

시험은 삶에서 필수적인 과정일 뿐이란다.

시간은 틀림없이 오고 가고 있으니, 재촉하지도 말고 방심하지도 말거라. 아울러 시간은 귀한 것이니 아껴 쓰며, 정신을 집중해 노력하기를 당부한다.

여행을 좋아하는 Speech Debate, 네 여정에 기도가 함께 간다.

엄마가

사랑의 진수성찬 일 년째 가을12

너 없는 생신상만도 싫은데, 혹여 시끌벅적한 분위기에서 너를 잊고
지내는 것이 의미가 없어 당분간 아빠 생신에는 너만 초대할 뿐이다.

암스테르담에 머무는 동안 전화하지 못하여 무척 오래된 느
낌이구나. 얼마나 새로운 이야깃거리가 많을지 궁금하구나.

어제 안젤라 집에 전화했더니, 막 정거장에 나가려 한다고,
너희들이 일곱 시쯤 도착한다고 했는데, 이곳 시간으로 새벽
세 시쯤 되어 통화를 못했구나.

좋은 경험 있었지?

이제는 다시 뒤안길 추억으로 밀어두면서 여행 기분 활짝
풀고, 목욕하고, 빨래거리, 밀린 신문…….

정신을 가다듬어 마음이 학교로 한시 바삐 돌아와야 한다.

학교를 비운 동안 과제와 배우지 못한 것들, 친구들에게 물
어보아 해결하도록 하고 복습과 예습 당부한다. 그냥 넘어가
면 재미없어질 수 있으니, 꼭 해결하고 가거라.

오늘부터 오케스트라는 어떻게 되는지?

월요일 계속 연습을 하게 되는지?

피곤하니? 그렇더라도 심호흡을 길게 열 번쯤 서서 해보고 좌우로 팔을 벌렸다 오므렸다 운동하면서, 무릎 스트레칭도 반복하고 자세 바르게 하여 얼른 제자리로 돌아오너라.

내일 아빠 생신이셔서 미역국을 끓여놓았다. 그리고 식탁에 작은 난 한 송이 올려 조촐한 아침식사를 하려 한다. 네 자리가 빈 아빠 생신은 늘 조용하기 그지없구나. 손님도 모시지 않고 그냥 우리는 네 생각으로 당분간은 조용히 지내려 한단다. 좀 쓸쓸하지만, 너 없는 생신상만도 싫은데, 혹여 시끌벅적한 분위기에서 너를 잊고 지내는 것이 의미가 없어 당분간 아빠 생신에는 너만 초대할 뿐이다.

정아야, 오늘 네게 주어진 일들, 무엇 하나 소홀할 수 있겠니? 부디 바르게 생각하자. 바른 것이 너를 구하고 돕는 것이란다.

오늘 아빠 생신에 너만 초대하면서.

엄마가

135

잘못된 습관은 일 년째 가을 13

잘못된 습관은 먼저 본인 스스로가 알아내야 하는 것이 중요하고, 그 다음에는 고치려 노력하는 자세가 중요하다.

왜 감기가 왔을까?

생활의 리듬이 깨지면서 무리가 된 걸까? 아니면 긴장이 풀린 걸까? 이상하게도 무슨 일을 치르고 나면 이렇게 몸살감기를 치르는 습관이 있는 것 같더구나.

마음을 든든히 하고 이겨내기로 하자.

중요한 때다. 마음을 꽉 잡자.

친구와 중국집에서 저녁은 잘 먹었구나. 몸이 안 좋을수록 든든히 챙겨 먹어야 하는데, 배즙도 못 끓여주고 안쓰러운 마음이다.

주말이니 우선은 푹 자도록 해라.

감기는 쉬는 게 우선이니 잠부터 자거라.

밤에 열이 나거나 아프면 할머니께 반드시 말씀드려야 한다. 말씀 안 드리면 오히려 섭섭해하신다.

할머니 많이 좋으신 분이시다. 네 어린 마음에, 혹여 할머니께서 소홀히 하셨어도 섭섭한 마음 있다면 고쳐야 한다. 네 은인 중에 한 분이시다.

자식 일곱을 키워내신, 그리고 교수님이 그만큼 큰 자리에 우뚝 서시게 한 부분, 할머니의 성심 덕분이라고 엄마는 생각한단다. 얼마나 본받을 부분이 많은 분인지 너도 알지? 바로 그 면을 보고 배우거라. 그리고 네게 잘해 주신 그 부분만 기억하거라. 그것이 사람의 도리이고 그래야 네 사람됨의 그릇이 커지는 것이란다. 엄마 말, 무슨 말인지 잘 알고 있지?

월요일, 역사 시험이 있어서 걱정되겠구나. 그래도 어떡하니. 네 몸이 우선이니 허락되는 범위에서 최선을 다하거라.

오렌지 주스를 물처럼 많이 마시고, 레몬을 짜서 따뜻한 물에 꿀 넣어 마시면 약 되는데, 그렇게 해먹을 수 있지?

네 스스로가 컨디션을 잘 조절해야 한다.

혼자 있을 때 아프면 힘들어지고 엄마 생각나고 만사가 귀찮아질 수 있으니, 마음을 단단히 하거라.

입맛이 없어도 꼭 무엇이든 먹어야 하는데…… 그래야 이겨낼 수 있으니 잘 먹도록 하자.

옷은 든든히 입고 다니는지? 몸무게가 줄었다면서 저항력이 약해진 건 아닌지, 걱정되는구나.

치과에서 온 청구서 두 장 중 한 장은 반드시 파일에 끼워두고 한 장은 보험에 등기로 보내거라. 그리고 등기 영수증은 남은 한 장 옆에 잘 끼워 보관해 두거라.

이것저것 신경 쓰는 일이 많지?

사는 게 이런 거란다. 이렇게 삶을 배우며 홀로 시작하는 것이란다. 단지 네게는 그 기회가 조금 일찍 온 것뿐이다. 하나씩 차근히 해결하고 정리하는 것 배우면서 생활의 좋은 습관을 들여야 한다. 단정하게 정리하며 사는 거 배울 거지?

틈틈이 네 생각으로 하루를 보냈다.

하루도 네 생각 없는 날은 날이 아니다.

오늘부터 자판 연습을 시작했단다. 이렇게 한 달을 하면 손가락이 제자리를 찾는다고 하더구나. 잘못된 습관이 오래되어 오히려 초보자보다도 자판 연습이 더 어렵다고들 해서 엄마는 이제라도 고쳐야 한다는 판단으로 매일 연습하고 있단다.

정아야, 잘못된 습관은 빨리 바꾸어야 한단다. 엄마도 손가락 습관이 벌써 굳어 있어 힘든 연습을 하고 있단다.

무엇이든 습관이 잘못되었다 생각되면, 그 순간 고칠 줄 아는 습관을 갖도록 해보자. 잘못된 습관은 먼저 본인 스스로가

알아내야 하는 것이 중요하고, 그다음에는 고치려 노력하는
자세가 중요하단다.

  잘 먹고 빨리 낫도록, 네 의지를 믿는다.
  네 아픔을 내가 대신할 수만 있다면 기꺼이 네 감기 받으
련만.

감기 물러가라, 기도하면서…….

엄마가

은혜라 했다 일 년째 가을14

사람은 자기 중심이 반듯해 생활의 변화에 쉽게 흔들리는 일이 없어
야 한다.

어제 교감선생님과 통화했는데 눈물이 날 정도였다.

옮겨갈 댁이 안심되는 가정이다.

그리고 네 역사 숙제 못한 것까지 보고해 주시니……

학교생활을 서울로 보고해 주는 일이 설령 임무일지라도 얼
마나 감사한 일인지, 엄마는 마음으로 몇 번이고 절을 했다.

정아야, 그날 일은 반드시 그날 끝내도록 명심하고, 어떤
일이 갑자기 생기더라도 서두르지 말고 침착하게 처리했으면
한다.

그사이 친구 집으로, 먼 길로, 이리저리 오간다 해도 정신을
흘리고 다니는 일은 반드시 고쳐야 한다. 디스켓을 빠뜨렸다
는 것도 문제지만, 왜 프린트를 완료해 제출용으로 미리 준비
할 수 없었는지 반성하면 좋겠구나.

늘 침착하거라. 혼자 생활하는 데는 모든 책임이 따르는 것이기에 덤벙대어서는 큰일 치른단다.

단단하게 노트하고 지내거라.

사람은 자기중심이 반듯해 생활의 변화에 쉽게 흔들리는 일이 없어야 한다. 흔들리는 것은 곤란한 일이야.

엄마 말 이해하지?

그레펠핑으로 이사하는 일은 거의 결정하는 것으로 하자.

학교에서 너를 위해 추천해 준 댁이고, 또 그만큼 학교에서 배려해 준 성의를 고맙게 받아들여야 하며 무엇보다 네 외로움을 도울 수 있는 좋은 조건이라 생각한다. 네가 그 댁에 들어가면 빵을 먹든 밥을 먹든 우선 저녁을 혼자 먹는 일이 없고, 동생 같은 열두 살의 친구도 있다. 바로 이 부분이 총장님 댁보다 훨씬 너를 덜 힘들게 할 것 같구나.

명심할 것은 네가 그 댁에 가면 동생 같은 친구와 네 시간을 잃어버리고 학업을 소홀히 하는 습관이 생기게 될까 봐 걱정이다. 그 점이 조금 문제되지만, 그래도 지금 네게 필요한 것은 공부보다도 사람의 훈기라 생각했다. 이 점을 네가 파악하고 잘 조절해야만 한다. 엄마 말, 무슨 뜻인지 알지?

주제와 부제가 바뀌어서는 큰일 친다.

이 문제의 걱정도 너를 믿으련다.

네가 늘 혼자 많이 있어야 한다는 것이, 그 큰 집에 네가 혼자 있다 생각할 때마다, 너만큼은 아니었을지라도 우리도 힘들었단다. 그래서 오늘 이 같은 기회와 새로운 만남에 대하여 나는 은혜라 믿고 있단다.

감기 내보냈니? 아직 네게 머물러 있거든 어서 내보내거라.

오늘은 학교에서 봉사하는 날이라 했지.

보람으로 즐거운 마음을 안고 귀가하는 날이면 좋겠다.

다시 소식을 전할 때까지 몸 건강히 잘 있어야 해.

엄마가

베르사유 조약은··· 일 년째 가을15

이 조약은 독일로 하여금 전쟁의 책임을 물어 영국, 프랑스 등 연합국에게 가혹한 배상을 하도록 함으로써 훗날 나치가 제2차 세계대전을 일으키는 원인이 된다.

일요일이어서 책을 찾지 못하고 급한 대로 보내니 우선 참고하거라. 미리 보내주면 좀 더 도와줄 수 있었는데, 앞으로는 미리 보내거라.

우선 적어 보내는 것을 잘 이해하고, 네가 책을 찾아 좀 더 정확히 네 것으로 만들어야 한다. 그리고 중요한 점을 파악해 서론, 본론, 결론으로 대략 방향을 잡고 써보도록 하거라.

네 책 중에 검은색 큰 역사책을 참조하거라.

아빠께서 전에 한번 같이 보셨다고 하셨다.

보고서를 쓸 때, 일단 베르사유 조약에 대한 배경을 서론으로 언급하고, 본론은 핵심 내용을 풀어 분석하면서 전개한 뒤, 결론은 앞에서 거론한 것들을 모아 맺는말을 쓰되 설득력 있는 네 주장을 분명히 해야 한다.

결론이 중요하므로 네 주장을 말할 때는 설득력이 있어야 한다.

1919년 베르사유 평화조약에 관한 정당성에 대한 견해

해럴 니콜슨의 주장은 독일에 부과된 여러 가지 내용에 대한 조약(독일 영토를 빼앗긴 것, 독일이 영국과 프랑스에게 물어주어야 하는 전쟁에 대한 배상금 지불, 군비축소 문제 등)이 정당하지 못하고 이상적인 방법도 아니었다고 이 조약을 부정적으로 보는 시각이다.

1919년 6월, 제1차 세계대전 후, 미·영·불의 연합국가가 패전국인 독일에게 전쟁에 대한 책임을 지게 하는 것으로 베르사유에서 맺어진 조약이다. 이 조약은 독일로 하여금 전쟁의 책임을 물어 영국, 프랑스 등 연합국에게 가혹한 배상을 하도록 함으로써 훗날 나치가 제2차 세계대전을 일으키는 원인이 된다.

영국과 프랑스가 독일에게 엄청난 부담을 주게 된 이유는, 다시는 독일이 부강하게 일어날 수 없도록 하는 데 그 목적이 있었다.

특히 프랑스는 라인란트와 노르트라인—베스트할렌 등의

독일 지역을 점령하여, 이곳에서 나는 석탄과 철강 등 많은 자원들을 전쟁 보상금으로 가져갔다.

그리고 독일은 또 많은 전쟁 배상금을 물어주어야 하기 때문에 높은 인플레이션을 감수해야만 했다. 이 시기를 전후로, 미국은 독일에 대해 우호적이었기 때문에 독일에 차관을 공여해 주기 위한 도스 계획(Daws-plan)과 배상금을 탕감시켜 주기 위한 영 계획(Young-plan)을 만들었다.

한편 독일은 1919년 바이마르 헌법이 반포됨에 따라 바이마르 공화국으로 출범했다. 그러나 시도하려 했던 민주주의가 쉽게 이뤄지지 않았다는 데 문제가 있었다. 이 시기에는 사회 민주주의와 공산주의자들의 대립과 갈등으로 정치와 경제가 매우 불안했다.

이러한 경제적 어려움 때문에 결국 아돌프 히틀러와 같은 나치 세력을 탄생시키게 되었던 것이다. 이들은 쿠데타를 일으켜 나치 정권을 탄생시켰고, 결국 독일 민주주의는 소멸하게 되었다. 또한 경제적인 어려움을 타개하기 위해서 히틀러는 고속도로와 건설 등의 사업을 통해 실업자 600만 명을 구제했다.

이를 계기로 히틀러는 독일을 장악한 뒤 군국주의를 내세워 영국과 프랑스에 대항해 전쟁을 일으키게 된 것이다. 바로 이

것이 유럽의 평화를 무너트리면서 훗날 제2차 세계대전을 일으키게 된 동기로 알려져 있다.

1938년 뮌헨에서 영국·프랑스·독일·이태리의 대표들이, 소위 뮌헨 협정이란 것을 체결하여 전쟁을 방지하려 했으나, 독일의 폴란드 침공으로 전쟁이 발발한 것이다.

여기서 해럴의 주장인 베르사유 조약의 정당성이 없다고 판단되는 점은, 전승국인 영국과 프랑스가 독일에게 너무 많은 부담금과 책임을 지웠다는 점이다. 패전국인 독일은 막대한 전쟁 보상금의 지불 강요와 함께 영토를 빼앗기면서 자원을 잃게 되었고, 또한 군비축소에 대한 문제도 가중되어 군수산업도 일으킬 수 없었다는 것이 문제점으로 지적된다.

이 조약이 현명하지 못했다는 사실은 연합국이 독일에게 과중한 책임을 물음으로써 독일은 군국주의라는 새로운 이념으로 뭉쳐 또다시 전쟁을 일으키게 됐다는 것이다. "쥐도 구석에 몰리면 고양이를 문다."는 격언을 떠올리게 하는 역사다.

특히 베르사유 조약은 유럽에서 실패했던 전쟁의 전후 처리 조약으로 판단되고 있는 것이 일반적인 견해다.

왜냐하면 오스트리아의 메테르니히 수상은 1815년 나폴레옹 전쟁의 전후 처리 문제를 다룬 비인 회의에서 패전국인 프랑스를 회의에 참가시켰다. 그 이유는 프랑스를 제외하고는 이 회의가 성사될 수 없다는 판단에서였다. 이러한 점에서 메테르니히 수상의 정치적 안목은 매우 높이 평가된다. 왜냐하면 패전국인 프랑스를 협상 대상국으로서 관대하게 처리했기 때문이다.

이에 반해 베르사유 조약은 연합국인 영국과 프랑스가 패전국인 독일을 배제시켜 옴짝달싹할 수 없도록 목을 조임으로써 비신사적인 조약이 되었고, 결국 실패한 조약으로 귀결된다.

베르사유 조약의 부정적 견해

영국의 수상이었던 윈스턴 처칠도 베르사유 조약은 유럽의 질서 개편에도 긍정적인 해답을 얻지 못한 실패한 조약으로 간주했다. 많은 유럽인들의 시각도 여기서 크게 벗어나지 않았다. 이 조약을 통해 조국이 독립할 수 있다는 희망에도 불구하고, 결과적으로 제2차 세계대전을 초래했기 때문에 부정적으로 보는 시각이 지배적이다.

베르사유 조약이 있기 전까지 독일은 비스마르크의 팽창정책으로 유럽에서 넓은 국토를 갖고 있었다. 또한 독일은 제국주의화되면서 세력도 확장되었다. 이러한 사실은 영국과 프랑스에게 위협이 아닐 수 없었다.

제1차 세계대전에 패한 독일은 인접 국가인 폴란드와 체코

등을 자유롭게 독립시키는 데 찬성하지 않을 수 없었다.

(정아야, 책을 찾아 몇 개의 독립국가에 대해 좀 더 조사해 보거라.)

독일 서쪽에 있는 벨기에와 네덜란드 등의 경우도 그러하다.

제1차 세계대전 이후 유럽 국가들을 중심으로 국제연맹이 창설되었다. 그 목적은 세계 평화와 안정을 지키는 데 있었다.

이것은 1945년에 설립된 국제연합과는 여러 면에서 기능과 목적이 차이를 보이고 있다. 제1차 세계대전 전후 처리였던 베르사유 조약은 유럽을 제외한 여러 나라에도 영향을 주었다.

미국의 윌슨 대통령이 주창하는 민족자결주의 원칙이 세계로 펼쳐짐에 따라 많은 국가들은 독립을 했다. 일제 식민지 치하에 있던 한국도 3.1 독립운동을 일으켰고, 결국 1945년에 독립을 쟁취했다. 그러나 이 베르사유 조약은 부정적인 시각이 팽배함에도 불구하고 자주독립을 희망했던 세계 각국에 미친 영향은 매우 지대하다.

정아야, 위의 내용을 토대로 아래 사항을 명심하기 바란다.

1) 답안 작성을 잘하기 위해서는 네가 갖고 있거나 읽은 여러 책들의 저자, 제목, 발행 연도, 출판사를 알파벳 순서에 따라 참고 문헌을 정리해야 한다.

2) 인용하는 모든 문장은 참고 문헌과 별도로 문장을 쓰는 중에 " "를 표시하고 보고서 하단(각 페이지)에 무슨 책 몇 페이지, 몇째 줄을 반드시 표기해야 한다.

3) 보고서 쓰는 양식에 따라 서론, 본론, 결론의 형식을 확실하게 갖추어 작성해야 한다.

4) 책의 내용을 그대로 표절하면 절대 보고서가 되지 못한다. 인용해야만 할 경우 반드시 " "로 인용했다는 사실을 명기하면서, 인용된 것은 반드시 설명하고 분석하는 데 의미가 있으며, 이에는 설득력이 확실히 있어야 한다. 그리고 몇 페이지, 몇째 줄을 하단에 꼭 명기해야 한다.

우선 급한 대로 이렇게 보내고 내일 아빠가 학교에 가시면 자료를 좀 더 찾아 보내신다고 하셨다. 그러나 이 정도의 기본 지식을 이해하고, 네가 갖고 있는 책을 참고해 작성하면 좋은 보고서가 될 것이다. 주의사항을 명심해 논리적인 형식으로 쓰고, 네 의견을 넣으면 좋은 글이 될 듯싶구나. 항상 시간을 넉넉히 갖고 미루지 말도록 하거라.

그리고 보고서 쓸 때는 연구 분석하는 자세로 임하거라.

이미 나와 있는 책의 요약이나 베끼는 것은 피해야 한다. 그것은 이해를 하지 못했다는 증거란다. 차근차근 보고 이해하여 사실과 가정을 비교해 발전적인 답을 찾아내야 한다. 이것이 보고서 철칙이니라.

앞으로 남은 과목 토픽 보내주면 네가 혼자 힘들어하는 것보다 도움이 될 것이다. 여기서 엄마가 보내는 설명을 참고한 뒤 네가 이해한 대로 전개시키면 된다. 그 뒤 결론은 반드시 네 견해와 주장을 설득력 있게 펴야 한다.

이 같은 훈련이 잘되면 대학에 가서도 어려움이 없단다. 대학에서 공부하는 것은 이러한 방식으로 한단다. 참으로 값있는 수업이며 유익한 과제라는 생각이 드는구나.

또한 무엇이든 물을 수 있다는 것은 대단히 중요하단다. 어떤 것이든 모르면 물을 수도 없기 때문이다. 네가 옆에 있다면 좀 더 이해하기 쉽게 설명하며 토론할 수 있었을 텐데……

전화로 좀 더 의견을 나누도록 하자.

그리고 수업 시간에 잡담을 하거나 다른 생각으로 낭비하면 큰 낭패를 보게 된다. 엄마 말 명심하고 수업 시간에는 집중하기를 다시 부탁한다.

한 번 놓치면, 두 번 세 번 놓치는 것에 익숙해지고, 이렇게 되면 흥미를 잃게 되는 것 알지? 12월도 명심하여 잘 지내고, 과제(보고서)들이 네 진로를 판가름할 정도로 중요하니, 과제를 하지 않으면 큰일난다고 생각하거라.

감기, 조심해야 한다. 감기는 감기 끝에 다시 오는 수가 많으니 명심하여 잘 먹고 조심하기 바란다.

남은 2주 동안은 학업에 전념하고 학교생활에 성실하자.

주님의 가호가 우리 딸에게 내려주시기를 기도하면서,

엄마가

진정한 힘 일 년째 가을16

생활을 반성하며 지내는 훈련도 슬기이며 힘일 수 있다.

몹시 바쁜 한 주였구나.

이번 주만 지나면 주말에 방을 정리해 놓은 뒤, 간단한 물건 다른 가방에 챙겨놓고 수요일까지 학교에 갔다가, 목요일에는 학교 가는 마음으로 비행기를 타거라.

명심하여 학교 모든 선생님들께 한 해 감사한 예쁜 인사 잊지 말고 오도록 해라. 흥분하지 말고…….

이곳에 올 때 선물은 아무것도 사오지 마라. 물건도 흔하고, 공항에서도 일절 사지 말거라. 좋은 습관 아니다.

할머니께서도 아무것도 사오지 마라 이르셨다. 자주 드나들어 필요한 것도 없고 나라의 외환 사정도 어려우니 모두 협력하여 1달러라도 절약하는 자세가 중요하다.

요즘 나라 경제가 극도로 나빠졌단다. 다행히 엄마는 너를 공부시키는 것에 대해 후회가 없으나, 다시 한국으로 들어와야 하는 유학생들이 많다고들 하는구나. 이에 대해서도 감사 잊지 말거라.

정아야, 이럴수록 옥석 같은 사람으로, 오늘을 알면서 진정한 네 '힘'을 쌓을 수 있는 사람 되어가자. 네가 싱싱하게 정진하기를 바라며, 바른 의식으로 힘 만들어 가거라.

삶을 소중히 생각하는 정성스러운 오늘을 약속하면서, 그 인생 가기에 포기하지 말고 정성을 다하거라.

이곳에 오면 판공성사(고백성사)를 해야 하는데, 이 편지는 책가방 앞주머니에 넣었다가 비행기 안에서 잘 생각해 적어놓은 다음, 엄마와 같이 20일쯤 성사를 보자구나.

눈을 감고 누워 생각해 보면 가슴 깊은 곳으로부터 잘못된 생각이나 행동들이 생각날 수 있다. 설령 잘못한 일이 없더라도, 마음을 비우고 있으면 스스로의 탓으로 돌릴 수 있는 기억들이 생각날 수 있다.

생활을 반성하며 지내는 훈련도 슬기이며 힘일 수 있다.

참회하는 마음으로 자신을 돌아보고 다스리는 마음으로 성사를 준비하도록 하거라. 참회라는 진정한 뜻을 알고 있을까? 진심으로 뭔가 참회하다 보면 가슴 깊은 곳으로부터 눈물이

흐르게 된다. 이러한 눈물은 자기 삶의 정화된 눈물이니 매우
값지단다. 마음이 정돈되면서 편안해지고 새로운 느낌을 가질
수 있단다. 진정한 마음으로 판공성사 준비하거라.

일주일 지나면 너를 만날 수 있다고 생각하니, 또다시 세상
이 예쁘게 보인단다.

네 자라는 영혼의 신발을 신어보면서,

엄마가

p.s.

서울은 선거와 IMF 경제위기로 대단히 혼란한 상황이다.

나라가 어려울 때 뜻있는 생활을 할 수 있도록 기도하자.

1) 디스켓 챙겨서 이곳에서 준비할 것 차질 없도록 하여라.
(World Literature 포함)

2) 총장님 댁에 안부인사 여쭙고, 올 때는 진심으로 감사하
다는 마음을 남겨두고 오너라.

3) 오기 전에, 학교에 모든 분들께 잘 다녀오겠다는 인사를
명심하고, 이태리를 시작으로 한 바퀴 전화를 돌려 우리 모두

의 친구들에게 안부를 묻고 오너라.

4) 플루트는 들고 다니거라.

5) 빈방일지라도 정리 정돈 예쁘게 하고 오거라.

6) 비상금으로 200마르크 찾고, 쓰다 남은 잔돈들은 공항에서 필요할 때 쓰거라.

그동안 살림한 것 적어놓은 봉투, 네가 대략 어떻게 살았는지 엄마도 보고 싶은데……

7) 비행기 안에서는 낯선 사람과 말조심(아직 네가 어려서)하고 가능한 한 잠을 자도록 하거라. 기내에서 자는 잠은 도착했을 때 피곤함을 덜어줄 수 있어 좋으니라.

다시 생각나는 대로 연락하마.

마음의 여유를 갖고 침착하고, 하나씩 빈틈없이 준비할 수 있도록 챙기는 습관 부탁한다.

네 일기 수첩에 빠짐없이 기록하면서 정돈하도록 당부하마.

그리고 마지막까지 학교생활에 최선을 다하고 와야 한다.

감기 조심하고 건강해야 한다.

엄마가

어떤 추위도 햇볕을 얼리지는 못한다 _{회상 4}

그해 치솟은 환율로 내가 잃어야 했던 꼭 그만큼만 돌려주셨다. 무슨 조화였을까. 돌이켜보아도 이는 하늘의 뜻이었다. 하늘이 보내주신 천사의 심부름이었다.

1997년 12월, IMF로 나라가 한참 어지러운 때 아이는 예정대로 무사히 우리에게 왔다. 무섭게 치솟는 환율로 기가 죽었던 기분, 세상이 어쩌면 이리도 무책임했을까. 놀라고 기막혀 했던 일들, 형편대로 처해지는 순리대로 정해진 길을 따라 갈수밖에 없는 것이 인생이었다.

소위 그 소치라는 일들을 머리에서 떠나보냈다. 왜 국가가 그 지경에 이르러야만 했는지 화가 나기도 했지만…….

모두의 책임이었다.

이듬해 1월, 다시 독일행 비행기에 몸을 실었다. 빈 좌석이 없을 정도이던 비행기가 놀랍게도 텅텅 비어 IMF가 뭔지 실감이 났다. 나는 변함없는 생활을 유지할 수 있는 힘에 대해,

그리고 이 힘을 알도록 앎으로의 깨우침을 인도해 주신 믿음에 대해 숨을 죽였다.

살던 모습대로 살다 가리라 곱씹어 새기면서 무언가 헝클어진, 잘못된 사회에 대한 분노를 비행기 창 밖으로 내던지고 있었다.

환율의 변화가 생활을 긴축시키긴 했으나, 그해 놀랍게도 뮌헨 전시에서 팔려 나간 작품들, 그리고 대학을 비롯한 이곳저곳에서 남편이 주문 받은 강연들……. 아시아의 IMF는 서울로부터 막 귀국한 경제학자에게 당연히 호기심을 갖게 하는 기회였던 것이다. 그래서 그 겨울 우리는 나름대로 춥지만은 않았던 IMF의 에피소드를 기억한다.

환율이 무서워 생전 처음으로 서울서 독일로 준비해 간 한국 음식들, 이로써 우리는 그 음식으로 여러 차례 독일 손님을 맞았다. 손님들의 극찬에 한식 상차림 요리법을 적어 주며 독일 친구들을 즐겁게 했던 기억과 아울러, 이도 민간외교라고 흡족해했던 보람……. 지금은 모두 선물 같은 추억이다.

도착하면 늘, 그동안 아이를 위해 마음을 써준 주변의 친구를 비롯한 지인들을 초대했다. 시간표를 달력에 기입해 놓고, 거의 주말마다 모시고 담소하던 시간들…….

신기하게도 이 겨울에 일어난 갑작스러웠던 내 겨울 준비는 너무 쉽게 그리고 당연하게 받아들여졌다. 또한 뜻하지 않게 와 닿았던 고마운 일들은 모두 예사가 아닌 듯 야릇하고 신비한 감상을 주고 갔다. 그래서 그해 겨울, 외화 한 푼이라도 일조했던 마음을 지금도 나는 '섭리'였다고 믿고 산다.

어찌 하늘은 이 사람을 이리도 도와주시는가.

무슨 갸륵하고 성심한 마음이 하늘에 전해졌기에, 좋은 분들을 보내주시어 뜻하지도 않던 그림 몇 점 거둬가 주시고, 강연할 수 있는 보람을 주시는가.

놀랍고 신기하게도, 그해 치솟은 환율로 내가 잃어야 했던 꼭 그만큼만 돌려주셨다. 무슨 조화였을까. 돌이켜보아도 이는 하늘의 뜻임을 굳게 믿고 산다. 어려운 시기에도 변함없이 독일을 드나드는 것에 눈치조차 보지 말라고 보내주신 천사의 심부름이었다.

당시 환율 상승이 어느 정도였냐 하면, 젬멜(독일 빵) 한 개에 60페니히, 즉 300원이던 것이 800원이 되었다. 4개월 전에 비해 2~2.5배의 생활비를 지출해야 했다.

그래서 그해 준비했던 한식들, 겨울이어서 가능했던 만두 속을 냉동하고, 호박죽, 흰 떡, 말린 산나물 등으로 그곳에서 손님을 근사하게 치렀다.

생각하면 알뜰했던 살림도 한 줄의 고운 시로 기억 속에 남

아 있다. 식구들은 덕분에 독일에서는 먹지 못했던 한국 음식
으로 즐거워했고, 우리는 외식비 절약으로 외화 지출을 막을
수 있었다. 물론 돈도 돈이었지만 나라가 어려운 때 밖에 있
어야만 했던 부담감으로 그렇게라도 해야 마음이 편했던 것
이다.

그해 나는 신기할 만큼 새로운 감각으로 삶을 느끼고 체험
했다. 그러니까 그때가 40대 중턱을 넘어선 때였다.

1998년도 뮌헨에서 예정된 전시를 준비해 딸에게 가고 있
었다.

방학 때마다 학회 참석하거나 전시회를 들고 나간 것은, 내
가 살아가는 책임과 의무였다. 또한 잠재의식 가운데 공인으
로서, 사적인 정서에 빠지지 않도록, 일을 함으로써 아이를 지
키려는 의지였다.

아이한테 부지런해야 한다고, 입으로 가르친 것에 대한 실
천이 결코 단순한 것만은 아니었다. 나는 더러 아이에게 한 말
에 대한 책임 때문에 톡톡히 대가를 치르기도 했다. 일어나기
싫을 때도, 일하기 싫을 때도, 꼼짝도 안 하고 싶을 때도, 아
이를 떠올리며 내 자신을 일으켜야 했다.

이튿날, 독일 신문에 대서특필된 내 기사가 학교 도서관 유

리창에 크게 붙어 있다며, 학교에서 전화 건 아이의 흥분된 목소리가 전화선을 타고 흘렀다.

자랑스러워서 좋아하고 행복해하는 모습이 눈에 그려졌다.

그랬다. 이 작은 사건이 아이에게 의욕과 용기를 줄 수 있었다면, 아이에게 부모의 존재를 밝힐 기회가 되었다면, 그 힘들었던 시간들이 무슨 상관이랴.

아마도 이것이 바로 삶이고 인생이었으리라.

모두 하늘에 감사해야 할 일들뿐이다.

그해 무엇보다 중요하고 큰일은 예정대로 2월에 아이의 거처를 옮기는 일이었다. 얼마나 감사했는지!

또 하나의 새로운 경험이 시작되는, 더 바랄 게 없는 준수한 가정에서 새 생활을 하게 된 은혜에 어찌 무릎을 꿇지 않으랴.

나는 아이가 머물 댁에 들어서면서 아주 좋은 예감에 사로잡혔다. 눈 덮인 1월 하순의 정원, 그 정원이 내다보이는, 아이가 잠들게 될 방의 창, 그 창을 통해 아이 모습을 지킬 수 있으리라는 느낌에 감겼다.

그것은 어미로서의 육감이기도 했다.

나는 아이가 새로 옮겨 간 방의 창에서 얼굴을 내밀 것 같은 사진을, 아이가 그 댁에서 떠날 때까지 서울 집 내 머리맡에 두고 날마다 들여다보며 아침 인사를 했다.

이 사진은 아직도 내 집 거실 성경책 위쪽에, 총장님 댁 사진과 나란히 자리를 바꾸지 않고 있다.

이 겨울 아이와의 이색적인 작별이 기억난다.

우리는 이 댁 식구와 저녁 성찬을 하고서, 아이와 지하철 안에서 황급하게 내리고 떠나는, 30초 동안이라는 새로운 방법의 이별을 경험했다. 아주 짧은 순간이었다.

무엇을 어쩌고저쩌고 할 틈이 없었다.

오히려 그 이별이 아이에게 편할 수도 있다는 생각을 했다.

그러나 지하철에서 내린 내 발걸음은 전동차가 이미 사라졌을 때도 움직여지지 않았다.

무슨 생각을 했는지 기억도 나지 않는다.

단지 언제나 뻐근했던 가슴을 다스리며 그래도 훨씬 안정된 아이의 거처, 단아한 정원의 아이 방 창으로 남매 같은 두 아이가 웃고 장난하며 지낼 듯한 그림을 그리면서, 훨씬 수월한 발걸음을 돌렸던 마음만 기억이 난다.

이번에는 빈집에 열쇠를 열고 들어서는 소리를 내가 들어야 했다.

이튿날 공항으로 가던 길에, 새 집에서 하룻밤 지내고 난 아이의 기분이 어떨까, 등교 직전의 아이의 목소리를 다시 듣고 싶은 충동에, 아이를 놓칠세라, 공항 가던 차를 대기시키고 통화했다. 훨씬 안정되고 밝은 아이의 목소리를 확인하며 다시 서울 행 비행기에 몸을 실었다.

그리고 또 하염없는 생각들을 흘리면서 하늘 속에 있었다.

차고 먼 하늘에……

그때도 하늘은, 내게 자꾸 살라고 이르셨다.

40대 중반을 넘기고도 무엇이 더 살 것이 있었다고 그렇게 느꼈을까. 그러나 그 삶의 여정은 배움이 끝없어, 지쳤다가 일어서고, 일어섰다가 좌절하고, 좌절했다가 다시 걷고……

그렇게 하늘은 제게 자꾸 살라고 이르시던 기억이 새롭다.

■ ■ 이 년째 ■ ■

어려운 때는··IMF··희망이 용기란다··열 가지 완전한 것은 없다··엄
마의 신앙··역사는··인연은 꽃밭이다··열심히 살아도··우리 문화··
신용은 전 재산··끝마무리는··나누는 기쁨··마음의 행복이란 선물은·
·생의 터널 같은··참여행은··잠시 회상··민족 갈등··금쪽같은 시간·
·생각할 수 있는 힘··눈먼 어미라면··작은 부분들을 살아내야 하는··
마음의 귀

어려운 때는··· 이 년째 겨울1

어떠한 어려운 일이 있어도, 네게 주어진 일을 반드시 하는 것이, 작게 보아 너와 우리를 위하는 일이고, 크게 보아 국가와 사회를 돕는 일이 될 테니 명심하여, 네 일에 늘 충실하며 희망과 용기로 살아가기를 거듭 당부한다.

며칠 그림자같이 있다가 떠난 네 자리가 많이 허전하구나.

있는 동안 보고 싶다던 영화도 함께 못 보여주고 이것저것 걸리누나. 늘 떠나고 나면 걸리는 것들이 있어, 좀 더 시간과 여유가 있었다면 좋았을 텐데 하는 생각뿐이다.

네 마음은 어떠니?

빈방에 들어간 네 마음도 엄마 마음같이 허전하니?

너를 떠나보내고 우리는 한참을 공항에 머물다가 들어왔단다.

네가 한 보름 머물다 간 자리가 구석구석 눈에 밟혀 마음이 착잡하다. 그러다가 이내 감기 몸살과, 한파로 집에 묶였던 시

---

* 해를 다시 바꾸어 1998년. 아이가 12학년 성탄 때 서울에 귀국했다가 나보다 스무 날 먼저 독일로 떠나간 동안의 메일들이다.

간도 지나가고⋯⋯. 이럭저럭 오늘은 나아가고 있구나.

네가 있는 동안 여러 가지 한국의 어려운 상황만 보게 되어, 마음까지 가난한 속내를 보여주어야 했던 것이 속상하구나.

정말로 나라가 불안하고 어지럽다는 생각이다. 그러나 이런 때일수록 사람들은 각자 주어진 자신의 삶의 자리에서 허둥대지 말고 진정해야 한다는 생각이다. 엄마가 이야기했듯이 어떠한 어려운 일이 있어도, 네게 주어진 일을 반드시 하는 것이, 작게 보아 너와 우리를 위하는 일이고, 크게 보아 국가와 사회를 돕는 일이 될 테니 명심하여, 네 일에 늘 충실하며 희망과 용기로 살아가기를 거듭 당부한다.

IMF 한파가 예상보다도 심하고 혹독하단다.

나라가 불운으로 아주 힘든 상황이니, 네게도 또 다른 책임의 마음가짐으로 굳건하기를 당부한다.

나라의 자존심과 네 자존심도 아울러 생각할 줄 아는, 조금은 성숙한 판단으로 국제사회에서 언어 조심하고 태연하거라.

네 삶을 지키고 사랑하는 그런 경건함을 터득하면, 그 외의 일들은 모두 지나가는 삶의 과정에서 스치는 소치이니라.

이제 일주일만 지나면 아빠께서 가신다.

기다리는 감사함으로 한 가지씩 정리하여 바구니에 차곡차곡 짐 챙겨두고, 할머니께서 I.B.Z.(우리가 사는 대학 숙소) 가시는 차편에 짐 보내두거라.

그리고 너는 학교에서 직접 뮌헨으로 가면 된다.

집 열쇠는 할머니께 오늘 반드시 말씀드려 미리 받아놓도록 여쭈어야 한다. 밤에 도착하시기 때문에 열쇠 반드시 챙겨 네 열쇠주머니에 함께 묶어두어라.

안 그러면 집에 못 들어가시는 사고가 생긴다.

정아야, 필요한 것 있으면 메일 보내거라. 가능한 한 필요한 것은 이곳에서 준비해 가자. 이 편지 받고 전화하거라.

하루 종일 네가 학교에서 돌아오기를 기다렸구나.

낮과 밤의 피곤은 풀렸는지?

시차는 무사히 이겨내고 있는지?

마음은 괜찮은지?

오늘도 따뜻한 마음으로 기도하면서,

엄마가

현실인 걸 어찌하겠소. 그 파편도 삶의 작은 소리인 것을……

아빠와 함께 따뜻하게 지내기 바란다.

몇 가지 주의 사항이니 참고하기 바란다.

1) 신용카드는 아빠도 정아도 사용하지 말 것. 생활비는 송금하는 네 통장에서 찾아 쓰도록 하고 내역서 모아놓을 것.

2) 창고 24호에서 물건 올린 뒤 정리하고 토요일 아빠와 급한 장만 볼 것. 급하지 않은 것은 참을 것.

3) 김치는 봉투째 베란다 창 밖에 내놓고 만두는 냉동실에 넣고 그 외는 냉장고에 넣을 것.

4) 만두는 먹기 전날 냉동실에서 냉장고로 옮겨놓고 자면 얼마만큼 녹고, 물이 팔팔 끓을 때 넣었다가 둥둥 뜨면 건져 초간장 찍어 먹으면 훌륭한 저녁 한 끼 해결됨. 토마토나 오

이, 당근 등 야채를 반드시 함께 먹을 것.

5) 빵은 가능한 당뇨에 좋은 잡곡 검은 빵이나 츠비박 종류에 치즈를 발라 먹을 것.

6) 물건은 서랍에 예쁘게 정리하는 습관 키울 것.

7) 아빠께서는 월요일에 MIS(Munich International school) 가시고 화요일에 치과 가시고 건강히 지내실 것.

8) I.B.Z. 열쇠 한 개 더 받고 붉은 카드 받아놓을 것.

9) 전화 가능하면 절약할 것. IMF이니 어쩔 수 없음. 생각 없이 지출하시는 부녀께 절약하고 낭비하지 않도록 부탁함.

10) 차표는 그린카드(Green Card)로 우선 주말 표 사고, 2월은 모나트 카드(Monat Card, 한 달권) 살 것

11) 다시 생각나는 대로 소식 전하고, 아빠 당뇨 음식 잘 부탁한다.

지난해만 해도 큰 관심 없었던 강연, IMF가 무엇인지 한 강좌에 600마르크(당시 환율로 660,000원)라 하여…… 올 겨울은 꼼짝 않고 독일에서 외화를 벌어들여 애국하나 봅니다.

현실인 걸 어찌하겠소. 그 파편도 삶의 작은 소리인 것을…….

정아 사랑하면서,

엄마가

희망이 용기란다 이 년째 겨울3

일 년만 잘 극복하면, 또 다른 근사한 인생 체험의 장이 눈앞에 펼쳐지게 된단다. 그것이 희망이며, 또 그 희망이 곧 삶의 의욕이고 용기란다.

정아야, 기분 어떠니?

잘하고 있지?

아빠와 함께 있으니 따뜻하게 지내고 있지?

아빠 말씀 마음에 들지 않아도 이해하고 받아들여 따뜻이 지내는 거 알지? 세상의 모든 좋은 지식이란 지식은 다 주고 싶어 하는 아빠 마음 알지?

아빠께 환율이 계속 치솟고 있어 결국 마르크로 바꾸지 않고 네 등록금과 비상금만 바꾸어 간다고 여쭈어라. 초조해하시지 말라고 말씀드려라.

아빠와 함께 살림 잘 꾸려가기 바란다.

필요한 것은 이곳에서 준비할 수 있도록 알려주면 좋겠다.

개인적인 내 살림도 절약해야겠지만 나라 살림이 어수선하고 말이 아닌 까닭에, 외화 1달러라도 아끼고 살아가는 자세가 무엇보다 중요하다고 생각한다.

한국은 금 모으기 운동이 대단하단다. 어떤 방식으로든 우리도 거들어야 한다는 생각이다.

바로 지난 몇 달 전만 해도 480원이던 1마르크가 900～1,150원을 오르내리니, 예전에 우리가 잘 가던 그곳 중국집에서 100마르크, 즉 5만 원으로 먹을 수 있었던 똑같은 메뉴의 식사 비용이 지금은 10만 원 이상이 든다고 생각하면 된다.

겁나지. 환율이란 게 이렇게 무섭다는 거 실감나니?

미안하다. 그러나 생활이고 현실이니 달리 방법이 없구나.

엄마도 빈집에 혼자 있으니, 정아 생각이 이렇게 많이 나는데, 너는 오죽했을까 싶구나. 얼추 어려운 시간들 용케 잘 보냈구나 싶어 네가 갑자기 대견하고 예뻐졌단다.

어쨌든 앞으로 일 년만 잘 극복하면, 또 다른 근사한 인생 체험의 장이 눈앞에 펼쳐지게 된단다. 그것이 희망이며, 또 그 희망이 곧 삶의 의욕이고 용기란다.

그리고 정아야, 다소 아빠의 충고를 받아들이기 힘들더라도 세상에 너밖에 모르시는 아빠의 진심을 잘 헤아려 드리기

를 부탁한다. 아빠의 과잉보호와 헌신적인 간섭 모두 이해해
야 한다.

얼마 남지 않은 네 학창 시절에 아빠께서 도와주고 싶어 하
시는, 그 깊은 뜻을 네가 모른 데서야 말이 되겠니?

항상 주고 싶고 베풀고 싶어 하시는 것이 바로 아빠 마음이
라는 걸, 그리고 그 마음을 충족시키는 것이 아빠의 기쁨이고
행복이신 거 알지?

네 착한 마음의 이해, 있으리라 믿는다.

특히 아빠께는 세상에 너밖에 없어. 가엽게도 모든 것을 네
게 걸고 있는 느낌이 들 때가 있단다. 엄마는 아닌데, 엄마는
엄마 인생도 있는데……, 아빠 마음 알아야 한다.

앞으로 네가 더 성숙해지면, 아빠와 단둘이 지내는 기회가
많지 않을 거야. 그러므로 지금 아빠와 함께 있는 때를 소중한
기회로 받아들여 좋은 시간 만들기 바란다. 이것 역시 누구에
게나 주어지는 기회가 아님을 깨달을 수 있어야 한다.

네게는 세상에 둘도 없는 아빠시다. 세상 모든 아빠들이 네
아빠처럼 무조건적이지는 않을 것이니라.

도서관을 올림픽촌으로 가는 것은 시간 낭비라 생각된다.

집 앞의 문과대학 도서관을 이용하도록 해라.

모든 것을 정아가 스스로 합리적으로 판단하기 바란다.

그리고 아빠께 스타츠 비블리오텍(시립 도서관)에 한국 신

문 들어온다고, 그곳에서 구독하시라고 전해 주기 바란다. 이것도 금 모으기 운동에 멀리서나마 참여하는 자세라고 여쭈어라.

학교에서 돌아와 아빠와 같이 가까운 도서관 이용하고, 오고갈 때 밤길 혼자 다니는 일 없도록, 아빠께서는 신문 보신 뒤에 만나 함께 오시도록 하는 것 잊지 말거라.

늘 사랑하면서,

엄마가

열 가지 완전한 것은 없다 이 년째 봄1

사람에게는 열 가지 완전한 것은 없단다. 엄마와 함께 지내지 못하는 대신 네게는 엄마를 그리워할 수 있는 삶이 있다. 이 기회조차도 우리는 감사해야 하는 축복이라 믿자. 적어도 엄마는 그렇게 믿고 산다.

＊아이가 뉴욕 UN센터로 참관 떠났다가 소식이 없었을 때다.

며칠 동안 네 전화를 기다리다 포기했구나.

선생님 인솔하에 떠난 길이라 마음은 놓고 있다. 하지만 아무리 전화 연결이 힘들고 그곳 생활이 정신없어도 독일과 한국에 안부 전화를 하는 것은 최소한 네 의무이고 예의였다.

이러한 충고는 엄마가 두 번 다시 하지 않도록 하거라.

아줌마께도 그것만은 꼭 지키라고 일렀건만, 이제 지난 일이니 죄송하다는 인사를 반드시 드리거라. 그리고 들어오는 대로 서울에 전화 주기를 바란다.

＊ 1998년 3월 다시 귀국하여 실어 보낸 편지 몇 편을 찾아보았다.

이곳은 봄날인데, 그곳 뉴욕 날씨는 어땠는지, 의복 관계로 춥지 않았는지, 부족한 건 없었는지 궁금하구나. 네가 이 편지를 받을 땐 벌써 집에 돌아와 뉴욕 이야기로 꽃을 피우겠지 싶다.

얼마나 즐겁고 보람 있고 좋은 추억이었을까? 가능하면 시간을 잡고 마음도 잡아서 엄마에게 편지 쓰는 습관을 길러보면 어떨까? 길게 쓰다 보면 한국어 실력을 기르는 데도 도움이 될 텐데.

내가 일방적으로 보내는 편지도 좋겠지만, 네가 편지를 쓴다면 좋은 습관도 습관이려니와 편지를 쓰는 동안에 마음이 정화되는 시간을 보낼 수 있단다.

피곤하지?

얼른 목욕하고 짐이며 방 정리에, 그리고 낮과 밤의 시차, 지혜롭게 잘 극복해야 한다는 거…… 알지?

마음을 단정하게 하고서 책상에 앉아보거라.

그리고 눈을 잠시 감고 정신을 집중하여 머리를 비우거라. 이제부터는 SAT와 TOEFL을 규칙적으로 하루에 몇 장씩 반드시 준비하고, 주말에도 학교 가는 시간에 일어나 오전에 세 시간씩 할애하여 시험 때까지 밀고 나가야 한다.

시험은 시험이고 현실은 현실이다.

네가 그곳에 있는 분명한 이유 중 하나가 네 교육을 위한 것이라는 걸 한시도 부정할 수 없는 현실임을 이해하자.

내 머리맡에 놓인 사진, 네 창 속으로 들어가 네 모습을 살피면서 기도하련다. 어렵더라도 해낼 수 있지? 믿어도 되지?

계획을 제대로 세우고 그것을 습관화하면 그레펠핑 생활을 의미 있고 힘차게 보낼 수 있으리라 굳게 믿는다. 남은 독일 생활 새로운 의지로, 또 다른 각오로 힘찬 하루들을 보내자.

정아야, 사람에게는 열 가지 완전한 것은 없단다. 엄마와 함께 지내지 못하는 대신 네게는 엄마를 그리워할 수 있는 삶이 있다. 이 기회조차도 우리는 감사해야 하는 축복이라 믿자. 적어도 엄마는 그렇게 믿고 산다.

네가 갖고 있는 모든 환경과 조건에 대해 감사하고 행복해하거라. 그러면 보다 마음이 평안하고, 네 삶을 소중히 여길 수 있는 힘이 생긴단다. 그 힘이 자라면 스스로도 사랑할 줄 아는, 지혜로운 생각 주머니를 달고 다닐 수 있는 사람이 되리라 말해 주고 싶구나.

정아야, 한 시간이라도 서둘러 뉴욕의 여독에서 벗어나 빨리 마음잡아 하루 일과를 책임감 있게 움직이기 당부한다.

우리 기도 중에 만나자.

엄마가

176

엄마의 신앙 <small>이 년째 봄 2</small>

인간은 돈도 명예도 심지어 자유까지도 잃어버릴 수가 있다. 그러나 지식, 사람의 머릿속에 든 지식만큼은 잃어버릴 수도, 세상 누구도 빼앗아갈 수 없다는 게 엄마의 신앙이다.

봄비가 부슬부슬 짓궂게 내리고 있다. 이 비가 끝나면 한바탕 꽃샘추위가 꽃망울을 얼리고, 그러면 완연한 봄 햇살이 대지를 어루만지겠지.

미국에 다녀와 학교생활을 적응하려니 다시 Speech Debate 가는구나.

3월에는 나들이가 너무 많은 것 같구나. 학교생활도 벅찰 텐데, 이 중요한 때에 조금 염려되지만, 모든 기회를 주고 싶은 마음으로 너를 믿고 간다.

부활절 때 로젠하임(1975년 내가 유학 때 가깝게 지낸 독일 친구가 사는 도시 이름)에 있는 동안 고백성사 시간 문의해 성사 보기 바란다. 시간이 어려우면 신부님께 면담을 신청해 그냥 허심탄회하게 네 마음을 대화 식으로 성사해도 되느니라.

정아야, 이제 앞으로 다가올 일 년은 네 인생의 향방을 결정할 수 있는 가장 중요한 시간이란다. 그리고 엄마는 누구의 인생도 아닌 바로 네 인생을 위해 더 나은 교육 기회를 제공해 주고 싶단다.

인간은 돈도 명예도 심지어 자유까지도 잃어버릴 수가 있다. 그러나 지식, 사람의 머릿속에 든 지식만큼은 잃어버릴 수도, 세상 누구도 빼앗아갈 수 없다는 게 엄마의 신앙이다. 그래서 인간은 배워야 하며 그 배움을 위해 치르는 대가는 전혀 아까울 게 없다. 진정한 교육을 위한 투자가 투기가 아닌 이유가 바로 이것 때문이란다.

엄마 말, 이해할 수 있지?

자, 이제 마음을 다잡고 어려운 과목부터 해결해 보렴. 그리고 로젠하임에 있는 동안 아줌마에게 수학과 물리에 관해 도움을 받으렴. 아줌마가 의사여서 과학 과목에 대해서는 잘 알려주실 거다.

시간을 금같이 쓰고 공부할 때는 집중이 중요하단다.

길 떠나면 부디 몸조심하고 여권과 지갑 잘 챙기고, 기차 여행할 때 책 읽는 습관 좋은 습관이다.

짐은 가능한 작게 만들고 긴장 풀지 말고 기차 안에서 알뜰한 시간 보내거라.

그리고 부활절 방학하는 날, 정아가 집 떠나는 날, 오는 날, 가는 날, 학교 시작하는 날 등의 여정을 알려주면 좋겠다.

이렇게 시간이 덧없이 흐르는데, 훗날 이 시간들에 대해 우리 떳떳할 수 있을까? 주어진 네 시간들을 충분히 만끽하고 보듬는, 네 생의 찬란했던 시간으로 미련 없다 할 수 있을까?

남다르게 네 운명에는 특별한 기회의 여신이 여러 번 지나갔고, 또 앞으로도 지나갈 거다. 다만 그 기회를 어떻게 요리하느냐가 중요한데 그 모두가 네 판단과 결정에 따를 터, 이제 모든 게 네게 달렸단다.

엄마가 이렇게 말하는 뜻을 네가 잘 이해한다면, 네가 가는 길은 반드시 틀림없는 길이다. 잘 생각하고 판단해 네 펼쳐진 길을 미련 없이 헤쳐 가기 바란다.

우리 서로 사랑하는 용기로 한 발짝 더 뛰자구나.

비 오는 날, 엄마가

역사는 _{이 년째 봄3}

이렇게 삶이란 바람처럼 지나간 오늘들이 지나 쌓이는 것이란다.

오늘은 할아버지 제삿날이었다.

마음으로 한 줄기 명복을 빌자.

잘 다녀왔지?

행복하고 유익하게 지냈는지…….

아줌마가 일본에 가서서 네가 다른 분위기를 느끼겠구나.

아줌마 없는 열흘 동안 어른답게 잘 지내기를 바란다.

특히 한노는 너보다 한참 어리니, 누나다워야 한다.

몸 정리 마음 정리하여 기분 전환하고, 학교에 갈 준비도 소홀함이 없도록 하거라.

로젠하임에 미리 연락하고, 부활절 방학 동안 아이들과 사랑하며 좋은 기억 남기거라.

정아야, 이번 부활절에 시험 준비하는 것 명심하고 있지?

이제 왔다갔다 들떴던 기분은 말끔히 접어두고 어서 빨리 생활의 리듬을 찾아야 한다.

늦잠은 금물이고 좋은 습관을 들여야 한다.

두고두고 생각해도 좋은 시간으로 네 생의 한 페이지를 기억할 수 있도록 하거라.

엄마는 여러 가지 생각에 마음이 찹찹하다. 멀리 있으니 말하기가 쉽지 않고 그때그때 감정을 전달하는 데도 부족해 그저 안타까운 마음뿐이다.

네 역사 과제를 정리하면서 네가 혼자 해결하기 힘들 때가 많겠다는 생각을 했다. 심리학도 혼자 해결하려 애쓰지 말고 문제점을 팩스로 보내면 힘닿는 데까지 찾아서 보내 주마.

엄마가 네 과외선생님 할 테니 함께 해보자.

어떤 것이든 물어보거라. 다시 공부해서 일러주마.

네가 절대로 혼자가 아닌 거 알고 있지?

늘 네 옆에 우리가 있다는 것 잊지 말거라.

힘들어하지 말고 포기하지 말고 부디 생각하면서 순리대로 풀어가자.

정아야, 피곤하더라도 얼른 목욕하고 마음 정리하고 앉자. 그리고 보고서를 써보자.

시간이 부족하면 선생님께 말씀드려 하루 이틀 시간을 얻도록 지혜롭게 대처하기 바란다. 늘 안심하면서도 한편으론 걱정스럽단다. 네가 조금만 더 매달리면 더 잘될 것 같은, 안타까운 마음이구나.

이제는 네가 '홀로' 시작할 때보다 생각이 많이 자랐기 때문에 네 판단을 믿고 존중해야 한다는 생각을 한다. 그런데 그럴수록 네 마음이 얼마나 무거울지 짐작이 되는구나.

그래, 자유란 좋으면서도 그 선택은 그만큼 어려운 거야.

여학생 시절도 이제 일 년 남짓, 그저 세월이 속절없이 지나가는구나. 이렇게 삶이란 바람처럼 지나간 오늘들이 지나 쌓이는 것이란다. 여행에서 돌아와 피곤할 텐데, 엄마 편지가 네게 힘이 되었으면 좋겠구나.

피로 풀고 힘내어 잘 지내거라.

우리 기도 중에 만나자.

엄마가

p.s.
역사 과제 동봉한다.

20세기의 전쟁 중 2차 세계대전을 중심으로 현대 전쟁의 주요 원인인 경제적인 요인과 정치적인 요인들에 관해 파악하라.

제1차 세계대전(1914~1918년)이 끝난 이후 연합국(미국, 프랑스, 영국)과 패전국(독일, 오스트리아 등) 간에 평화 협상 조약, 즉 베르사유 조약이 체결되었다.

이 조약은 1919년 6월 28일 조인했는데, 국제연맹규약, 대독일의 보복적 성격(거액의 전쟁 배상금, 영토 축소, 식민지 포기, 군비 제한)으로 전승국의 제국주의 체제 재편성이다.

베르사유 체제는 1919부터 1939년까지 유지되었고, 제1차 세계대전 후 국제협력 증진을 위해 국제연맹 시대를 열었다. 그러나 영국과 프랑스가 중요한 위치에 놓여 있었고, 독일과 이태리는 이에 대한 불만이 심화되어 제2차 세계대전을 일으키는 원인이 된 것이다.

1934년에 총통에 취임한 히틀러는 재무장을 선언해 자르 지방을 점령했고, 1936년에 프랑스의 점령지인 라인란트를 쳐들어갔다. 그러자 프랑스는 프랑스─소련 상호 원조 조약을 체결했다. 한편 히틀러는 이태리와 마찬가지로 국제연맹을 탈퇴했다.

이태리 파시즘의 무솔리니와 독일 나치즘의 히틀러는 일당 독재의 전체주의를 대표로 하고 있다. 이는 강력한 정부 출연으로 보수적 극우정권(Ultra-Right Government)을 말한다. 특히 개인의 모든 활동은 국가의 존립과 발전을 위해 종속해야 한다는 이념 아래, 국가의 목적을 위해서는 국민의 모든 자유나 권리를 희생시켜도 좋다는 사상이다. 따라서 이 이념은 독재로 해석되고, 근대 시민혁명 이후 발달된 자유민주주의를 부정하는 것이다.

제2차 세계대전을 일으킨 이태리의 파시즘, 독일의 나치즘, 그리고 일본의 군국주의는 그 실현 방식에 있어서 조금씩 다르게 나타난다.

독일의 나치즘은 독재체제에 좀 더 철저했고, 파시즘에 없던 인종주의가 보태어져서 유태인에 대한 압박과 대학살이 행해졌다.

전체적으로 볼 때 히틀러에 대한 독일 국민의 태도는 무솔리니에 대한 이태리 국민에 비해 훨씬 더 열정적이고 광신적이었다. 히틀러가 바그너의 음악에 심취한 것도 바그너가 민족주의 음악을 작곡했기 때문이다.

독일은 스페인내란 지원에서 힘을 얻어 이웃 국가인 오스트리아를 병합했다. 그리고 그 후 체코의 쥬테덴도 병합했다. 이러한 독일의 독주에 대해 영국과 프랑스는 뮌헨회담(1938년)에서 "독일이 폴란드를 침입한다면 선전포고할 것"이라고 경고했다. 그런데도 독일은 1939년 폴란드로 진격했다.

이에 따라 영국과 폴란드는 상호 원조 조약(1939년)을 맺었으며, 독일과 소련은 이에 대항하는 불가침 조약을 맺음으로 동부전선을 독일에게 유리하게 했다. 결국 영국과 프랑스는 폴란드를 도와 대독일 선전포고를 함으로써 1939년 9월에 제2차 세계대전이 시작된 것이다.

제2차 세계대전은 유럽 내의 영국, 프랑스 등의 자유주의 국가와 독일, 이태리, 일본 등의 전체주의 또는 군국주의 국가 간의 전쟁으로 설명할 수 있다. 이보다 중요한 것은 경제적인 요인이다. 세계공황을 벗어나기 위해서 자유주의 국가들은 각각의 대책을 마련했다.

1929년에 시작된 세계공황은 상품의 생산과잉과 구매력의 감소에서 비롯되었다. 특히, 해외 식민지 감소로 선진국의 해외시장이 크게 감소한 것이다.

미국은 자유방임주의를 포기하고 복지사회를 지향하는 뉴딜 정책을 실시했다. 뉴딜 정책은 케인스의 수정자본주의 이론을 채택한 것이다. 이 주요 정책에는 테네시 강 유역 개발공사, 농업조정법, 전국 산업부흥법, 와그너 법 등이 있다.

선진 자본주의 국가들이 새로운 경제정책으로 위기를 극복한데 비해 독일, 이태리, 일본 등의 당시 후진국들은 파시즘, 나치즘, 군국주의 정책으로 난국을 타개하게 되었다. 국가 통제나 간섭이 강화되어 개혁경제가 대두되었다. 그리고 식민지나 자치령이 많은 나라의 경우에는 서로 경제적 유대를 강화하는 계기가 되었다.

　잘 찾아보면 연대순으로 그런 설명이 있을 것 같구나. 좀 더 정확하게 내용을 파악하고 분석해야 된다. 정치적인 내용과 경제적인 내용을 파악해 연결시키고 질문의 초점을 잃어서는 안 된다.

　결론에서는 네가 본 대로 설득력 있게 비판할 수 있어야 된다. 다시 말해 파시즘과 나치즘, 그리고 일본의 군국주의가 왜 일어나게 됐는지, 그 원인과 결과를 분석할 필요가 있다. 특히, 자유주의와 민주주의, 그리고 의회주의인 영국과 프랑스를 비교하여 정치적인 면도 고려해야 한다.

　우선 침착하게 읽고 이해한 뒤에 네 생각부터 먼저 정리하고, 부분적으로 엄마 해설을 삽입해 설득력 있게 끌고 가면 된다. 이해가 어려운 부분이 있다면 전화로 다시 설명해 주마.

　서론, 본론, 결론으로 구성하면 훌륭한 보고서가 될 듯싶구나. 넌 글을 잘 쓰기 때문에 해낼 수 있을 거야. 모든 일에 대해 확신과 신념을 갖고 자신 있게 대비하기를 바란다.

　정아야, 너는 충분히 잘할 수 있다.

　힘 내거라.

새벽에, 엄마가

인연은 꽃밭이다 이 년째 봄4

사람의 관계란 훗날 어떤 인연으로 만날지, 그리고 아주 작은 인연들도 때로 삶에서 어떤 소중하고 고마운 인연으로 이어지기도 한다는 사실을 시간이 지나면 알게 될 거야.

주말 잘 지냈지? 아줌마와 아저씨께서는 모두 안녕하시지?

네 감기는? 어서 안정되어 생활의 리듬을 찾아야 할 텐데. 이번 봄방학은 네게 특별한 시간이야. 다시 새로운 각오로 일찍 일어나 책상에 앉자.

지금은 손에서 책을 떼어놓을 시간이 없어. 책을 많이 읽는 것만큼 좋은 건 없단다. 분석력과 설득력은 책을 통해 나오거든. 무언가 골똘히 생각하면 문제를 해결할 수 있는 능력이 생긴단다.

우선은 학교 과제나 SAT, TOEFL 등에 치중해야겠지만, 틈나는 대로 책과 친구 삼아 지냈으면 한다. 훗날 머리에 든 지식이 넉넉해야 자유로운 사람도 되고 떳떳하게 살 수도 있단다.

잘할 수 있지? 좀 더 용기와 힘을 내서 어려운 것들을 이겨 가자. 지금이 네게는 그래도 아주 좋은 시간이야. 조금만, 조금만 더 해내면 좋은 시간이 오고, 또 그 시간 뒤에는 네 미래와 오늘이 있다고 생각하자꾸나.

그러한 희망을 갖고 오늘을 살도록 하자.

네 삶보다 30년 앞선 엄마의 노하우를 믿어보렴.

사람은 꿈이 있어야 하는 거야. 꿈이 없으면 어떠한 비전도 없을 뿐더러 사는 이유가 모호해진단다.

하루에도 몇 번씩 엄마 마음이 네게 갔다오는 걸 우리 정아가 알고 있을까? 잘하고 있으려니 믿으면서도 자꾸만 네게 뭔가를 말하게 되는구나. 아무래도 너를 보지 않으니 걱정하는 마음이 많아져서 그런단다. 하지만 그저 다칠세라 아플세라 걱정하는 마음 또한 사랑이라는 사실, 이것만으로 우리는 충분히 감사하다는 걸 알아야 한단다.

정아야, 따뜻한 사람으로, 사랑받는 사람으로 오늘을 살아내거라.

사람의 관계란 훗날 어떤 인연으로 만날지, 그리고 아주 작은 인연들도 때로 삶에서 어떤 소중하고 고마운 인연으로 이어지기도 한다는 사실을 시간이 지나면 알게 될 거야.

네게 기억되는 사람, 네가 두고두고 기억하고 감사할 수 있는 사람, 그리고 네가 도와줄 수 있는 사람, 이 모든 만남을 소중히 여기는 지혜를 가졌으면 좋겠구나. 결국 이러한 사람들이 네 삶을 구성하는 환경이 된단다. 환경의 의미는 이렇게 여러 가지란다.

네 삶의 환경이 맑고 밝은, 때묻지 않은 동네이기를 기도하거라. 이는 바로 네가 살아가는 아름다운 꽃밭이라 믿으렴.

로젠하임에 있는 동안 아줌마의 좋은 습관을 눈여겨 배워두거라. 본받아 배울 것이 아주 많은, 흔치 않은 좋은 분이시다.

고마워하면서, 우리 기도 중에 다시 만나자.

엄마가

열심히 살아도… 이 년째 봄5

사람은 열심히 살아도 후회가 따르는데, 하물며 자신을 믿지 못하고 나태하게 시간을 보냈다면, 후회와 절망으로 평생을 부족해하면서 주눅 들어 살게 된단다.

잘 지내지, 잘 지내려니 생각하며 전화를 자제했구나.

네가 아줌마네 집에서 의미 있는 부활절을 지내고 있을 것 같아 수화기를 몇 번이나 들었다가 놓았단다.

드디어 우리도 「타이타닉」을 보았다. 며칠 전 네가 울며 보았다는 게 생각나서 영화관에 갔었구나. 아주 근사한 영화더구나. 촬영도 감독도 음악도 배우도 모두 좋다고 생각했다.

사랑할 수 있었던 사람들, 비록 슬프고 아픈 상황이었지만 어쩌면 그것조차도 축복이 아니었나 싶다. 주인공들의 마음이 어쩜 그렇게 예쁘고 사랑스러운지.

그러나 요즘 세상에 누가 감히 이토록 아름다운 사랑의 힘을 흉내 낼 수 있을까. 아주 근사한 사랑을 오랜만에 엄마도 훌쩍거리며 보았단다.

하루 생활은 어떻게 하고 있는지, 공부하는 것도 힘들 거라 생각했다. 더욱이 시험이니까 스트레스가 쌓일 거야. 그래도 인내하며 잘 해낼 거라고 믿는단다.

그곳에 머무는 동안 자고 난 방 창문은 반드시 열어 환기시키고, 간단한 청소는 네가 하도록 해라. 그리고 빨래거리는 비닐에 챙겼다가 아줌마가 할 때 들고 가서 함께 하도록 하고, 잘할 수 있을 거야.

집 떠날 때는 이부자리 잘 정리하고, 창문 반드시 열어두고, 네 물건들 흘리지 말고 정신 묶어 잘 챙겨 떠나도록 해라.

떠나기 전날, 미리 짐을 다 정리해 놓도록 해라. 그래야 이른 아침에 아저씨를 따라 떠날 때 허둥대지 않을 거야.

아이들과 따뜻이 지내는 것도 잊지 말거라. 아줌마한테 고맙다는 인사를 예쁘게 하렴. 엄마가 무슨 말하는지 잘 알 거야.

늘 준비된 마음으로 성실하게 하루하루 마무리하며 지내야 한다. 그래서 오늘 일을 내일로 미루지 말고, 힘들고 고되더라도 오늘 끝낸 뒤 잠자리에 들거라.

그리고 해야 할 일, 내일 일들은 생각나는 대로 실천하는 습관을 스스로 터득하기를 바란다.

시간이 참 잘도 흐르는구나.

몇 년 기다림과 만남을 반복하다 보니, 어느새 엄마도 오십이라는 나이를 바라보고 있구나. 정말로 인생이 속절없다는 생각이 든단다.

정아야, 후회 없이 살도록 힘쓰거라.

사람은 열심히 살아도 후회가 따르는데, 하물며 자신을 믿지 못하고 나태하게 시간을 보냈다면, 후회와 절망으로 평생을 부족해하면서 주눅 들어 살게 된단다.

감사할 줄 모르는 불만스런 삶, 그것같이 어리석은 삶이 있을까?

사람은 어린 시절의 순수한 노력으로 인해 얻을 수 있던 보람, 이 보람을 알기 위해 정성 들였던 세월들을 추억하며 사는 것이 행복이란다.

진정 너의 내일이 밝고 맑고 건강하기를 오늘도 기도한다.

우리 다시 기도 중에 만나자.

엄마가

우리 문화 <small>이 년째 봄6</small>

　우리 문화와 관습을 소중히 유지할 줄 알면서 서양 문화의 옳고 바른 것을 선택해 받아들이면 훌륭한 21세기 교육의 퓨전 양식이 성립될 수 있다.

　집에 잘 돌아왔지?

　부활절 방학이 네게 의미 있는 방학으로 기억되었으면 좋겠구나.

　오늘은 갑자기 네가 엄마한테 불만은 없는지, 그런 생각을 하자 가슴이 덜컥 내려앉더구나. 네게 늘 잘한 것 같지 않아서 그런지도 모르겠다. 나는 네가 하는 말이라면 무슨 말이든 받아들일 준비가 되어 있단다. 그러니 하고 싶은 말이 있으면 언제라도 주저 말고 하렴. 내 마음은 늘 네게로 향해 있단다.

　가끔 옆에 있었다면 이런저런 이야기를 하며 이해도 하고 협조도 구했을 텐데, 그러지 못해 안타까운 마음이 절로 이는구나. 물론 언젠가는 네가 커서 우리로부터 멀어진다는 생각을 하면 무섭지 않은 건 아니란다. 이러다가 우리로부터 영영 떠나는 게 아닌가 싶은 생각도 들고. 하지만 그런 생각들은 네가 인간답게 성장한다는 것에 비하면 아무것도 아니라는 것을 우리는 잘 알고 있단다. 그래서 너를 홀로……

이랑에 맑은 소리를 내며 흘러가는 맑은 물처럼 오늘도 네 숨소리가 내 가슴속에 찰랑이는구나.

정아야, 가끔 엄마는 이런 생각을 한단다. 타문화를 받아들이는 데 중심을 잃고 있는 것은 아닌가 하고. 타문화는 이해하고 존중할 수 있는 선에서 받아들여야 한다고 생각한다. 우리의 문화를 내버리면서까지 무조건 안을 수는 없는 거란다.

우리는 말뿐이 아닌 우리 고유 표기인 한글을 갖고 있는, 5000년 역사에 빛나는 긍지와 더불어 좋은 문화가 있는 나라란다. 이러한 우리 문화의 중심과 그 뿌리의 중요함을 잊어서는 안 된다고 엄마는 생각한단다.

따라서 우리 문화에 대해 주눅이 들어 살 필요는 없단다.

아이들은 다 이런데, 왜 나는 이래야 하나 비교하면 답이 나오지 않는단다. 그것은 분명히 태어나고 자라온 환경을 비롯해 문화의 차이가 크므로 그럴 수밖에 없는 거란다. 따라서 문화를 비하하지도 말고, 과대하지도 말거라. 그냥 우리라는 자연스러운 모습을 인정하고 받아들일 줄 아는 지혜가 필요하단다.

너희들 세대가 우리 고유의 문화를 21세기 전자혁명 시대에 맞게 심고 키워야 한다. 크고 넓은 안목으로 우리 문화의 정체성을 살려 개발하고 발전시켜야 한다.

이러한 이유들 때문에 오늘 너희들이 선진국에서 배워야 하는 거란다.

늘 네 위치를 사랑하고 만족하고 감사하거라.

네가 갖고 있는 어느 것도 다치지 않도록 조심하고, 그렇게 늘 기쁘고 만족해하면 저절로 행복은 찾아온단다.

많은 조건과 기회를 지나왔을 네 밝은 10대의 한 절기에서 흐르는 땀을 보람으로 닦아 내리듯 그렇게 예쁘고 선한 마음들이 추억되기를 바란다.

우리 문화와 관습을 소중히 유지할 줄 알면서 서양 문화의 옳고 바른 것을 선택해 받아들이면 훌륭한 21세기 교육의 퓨전 양식이 성립될 수 있다.

따라서 판단력이 예리해져야겠지. 내 말 무슨 뜻인지 알고 있지?

잘 지내거라.

안덕벌 연구실에서. 엄마가

신용은 전 재산

신용은 금이고 돈이고 네 전 재산일 수 있단다. 아주 작은 일에도 상대방이 나를 기다린다던가, 혹은 더 좋은 일이 생겨도 먼저 약속한 상대방과의 약속은 우선적으로 지킬 수 있는 신의가 있어야 한다.

어제도 한강변을 산책했다. 강변 끝으로, 끝으로 멀리까지, 공기는 어떨지 몰라도 더없이 좋은 강변길이구나.

오늘 학교생활은 어땠니?

집안에는 다시 식구가 모두 모여 활기가 돌겠구나.

귀염받고 사랑받도록 하렴.

그러려면 모든 일에 대해 확실하게 생각하고 묻고 약속을 지켜야 한다. 사람에게는 신용과 진실이 있어야 한다.

신용은 금이고 돈이고 네 전 재산일 수 있단다. 아주 작은 일에도 상대방이 나를 기다린다던가, 혹은 더 좋은 일이 생겨도 먼저 약속한 상대방과의 약속은 우선적으로 지킬 수 있는 신의가 있어야 한다.

집에서도 양보하는 미덕을 발휘하거라. 그래야 행복하고 감사하게 생활할 수가 있단다. 왜 엄마가 이 말을 하는지 알지?

친구와 친구어머니까지 약속해 놓고 특별한 일도 아니면서 먼저 약속을 파기한 것은 아주 잘못한 거야. 그곳은 우리 문화와 달라서 일방적으로 특별한 이유도 없이 약속을 깨면, 이미 너는 신용을 한 번 잃은 거야. 깊이 반성해서 다시 실수하지 않기를 바란다.

11학년은 시험보다 보고서가 중요하니 잘 준비해 두렴. 찾고 묻는 데 게으르지 말고 성실하게 준비하기 바란다. 막바지 과제들이 어떤 것이든 중요하게 생각하고 성심껏 제출하기를 당부한다.

물리와 심리학은 여전히 걱정거리구나. 어떤 해결 방법이 있을지, 심리학은 자꾸 반복해 한국 책과 독일 책을 번갈아 읽고 또 읽으면 해결될 것 같은데, 아무튼 인내로 해결하도록 하자.

그래도 안 되면 정아야, 그건 하늘의 뜻이라 생각하자. 그렇게 편히 생각하면서 오로지 최선을 다하도록 하자.

우리는 다른 방법의 고3을 대비하고 있으니……, 서울의 고3을 기억하도록 하렴. 거기서 11학년이 이곳에서는 고3이거든. 그리 알고 너도 남다른 고3을 치러내거라.

사람이 자신의 단점을 스스로 파악해 고쳐갈 수 있다는 것은 참으로 대단한 용기고 지혜란다. 무엇이든 끈기를 갖고 꾸준히 하렴. 네가 성큼 자라니까 혹여 나쁜 습관이 굳어질세라 걱정되어 침놓는 소리니 사랑이라 믿고 받아들이기 바란다.

특별히 필요한 것은 없는지? 엄마에게 꼭 할말은 없는지?

요즘도 오케스트라 수업은 월요일에 하는지, 시간이 많이 부담되면 쉬었다 해도 좋다.

힘들 때 음악을 통해 위안을 받는 경우가 많아 계속하기를 원했는데, 11학년은 너도나도 시험으로 모두 어려운 시간들 쪼개어 살고 있으니, 네가 잘 판단해서 결정하기를 바란다.

이제 너도 점점 성숙해 가니까 네 생각도 커가야 한다. 무엇이든지 생각하고 말하고, 한번 더 생각하고 행동하거라.

엄마 말, 명심해야 한다. 이제 대학 직전의 문턱에서 의젓하게 좋은 습관과 진중한 태도로 네 말과 태도에 책임질 수 있는 사람으로 커가야 한다.

엄마 말, 무슨 말인지 충분히 이해할 수 있지? 그리고 왜 이렇게 끝도 없이 이런 말을 반복하는지도 알고 있지? 너는 충분히 알고 있을 거야.

사랑하는 네 마음 굳게 믿으면서,

엄마가

끝마무리는⋯ 이 년째 봄8

모든 일 중에 끝마무리가 더없이 중요하단다. 아무리 잘했어도 끝마무리가 안 되면 공든 탑이 무너진단다.

화창한 일요일 오후다.

어제 늦게까지 공부했나 보구나. 힘들더라도 조금만 더 힘내고 용기내자.

TOEFL 준비는 잘되고 있는지? 단단히 준비하면 마음이 안정되고 여유 있는 자세로 시험에 응할 수 있을 거야. 그리하면 결과도 초조하지 않으리라 생각된다.

오늘 아침 아줌마와 통화했단다.

아줌마께서 네가 잘 지내고 있다며 칭찬하시더구나.

그런데 일요일이더라도 늦잠 자는 것은 안타까운 일이다.

조금 일찍 자고 일찍 일어나는 것을 습관화했으면 싶다.

네가 늦잠 잔다 싶으니까 엄마가 갑자기 불안하고 걱정되는, 이 안타까운 마음이 도대체 무엇일까?

네 습관 중에 끝마무리할 때쯤 긴장이 풀어진다는 생각을 하자 새벽부터 일어나 있었구나.

정아야, 그 점은 고쳐야 한다. 모든 일 중에 끝마무리가 더 없이 중요하단다. 아무리 잘했어도 끝마무리가 안 되면 공든 탑이 무너진단다.

그대로 긴장을 풀고 늘어지면 지금까지 애쓴 많은 시간들이 물거품같이 된단다. 그러니 끝까지 마음 풀지 말거라. 마음을 꼭 붙들기 바란다.

오늘도 네 기도로 평안해하면서, 마음에 너를 안고 있다는 생각으로 조용히 지내고 있다.

그런데 한없이 풀어지는 네 긴장이 갑자기 온몸을 휘감듯 몰아쳐 많이 불안했구나.

깨어나 전화하거라.

네 늦잠이 왜 이리도 불안한 예감이 들꼬.

엄마가

나누는 기쁨 _{이 년째 봄9}

서로가 충실하고 최선을 다해 서로에게 보기 좋은 모습으로 기쁨을 줄 수 있을 때, 그 기쁨은 우리에게 은총이란다.

편지 쓴 지도 여러 날 되었구나.

네가 교수님 댁에서 이사한 뒤 큰 집에 네가 혼자 있지 않다는 생각과, 엄마 편지들이 때로 부담이 될 수도 있다는 생각에서 전화도 편지도 덜하게 되는 것 같다.

여러 모로 잘 지내고 있다는 믿음으로 마음이 편안했다.

지난주 친구들이 방문해 즐겁게 지냈다니 어찌나 고마운지, 네가 얼마나 기뻐했을까 생각하니 엄마 마음도 푸근했단다.

아줌마에게 많이 고마워하면서 마음으로 절했단다.

시간을 내어 수학이나 물리에 대해 친구에게 물어보면 유익한 시간 되리라 생각한다.

엄마 생각에는 안토니아가 아주 좋은 친구라고 믿는다.

이러한 점에 대해서도 감사한 생각을 잊지 말거라. 그 친구는 훗날 독일의 자기 고향을 지킬 심지 있는 친구일 것이다. 무리하지 않는 선에서 부족한 과목 도움 받도록 당부한다.

SAT 끝나고 명심하여 물리와 수학을 준비하기 바란다.

정아야, 모든 면에서 한노에게 모범 된 누나였으면 좋겠다. 그래서 뭔가 가르쳐주고 네가 또다시 배우고, 엄마가 너를 가르치며 너한테서 배우듯이……

정아야, 무슨 뜻인지 알지?

훗날 서로 안타까운 마음으로 헤어지면 그것이 사람들의 아름다운 인연이란다. 그런 인연이기를 기도한다.

힘든 일이 있어도 네 생각하면서 용기를 낸단다.

네가 바르고 용감하게 잘 자라기를 어제도 오늘도 물론 내일도 끊임없이 기도한다.

우리가 서로 아끼며 따뜻하게 지낼 수 있는 마음 주신 것도 축복이라는 걸 알지. 그것은 서로가 충실하고 최선을 다해 서로에게 보기 좋은 모습으로 기쁨을 줄 수 있을 때, 그 기쁨은 우리에게 은총이란다.

오늘도 네 생각하며 행복해하기도 하고, 허전한 마음 한 구석 붙들고 있는 네 그림자가 나를 조금 아프게 하기도 했다.

그러나 네 생각에 성실한 하루 보내려고 노력했단다.

평생 도우미 아줌마 없이 지내지 못했던 엄마는 너를 혼자 두고 와 벌써 2년째, 정아처럼 공부하고 빨래하고 청소하고…….

정아야, 엄마 마음 알지? 학교에 다니면서 왜 사람 없이 어려운 하루를 살려 하는지?

이런 엄마 마음 알 수 있으면 정아는 어른이다.

네가 열여덟 살 될 때, 그래서 대학 갈 때쯤 다시 도우미 아줌마 오신다.

정아야, 잘 지내고 네 생활에 차질 없도록 부디 빈틈없는 생활할 것을 믿는다.

기도하면서……,

엄마가

마음의 행복이란 선물은… 이 년째 봄10

생각해 보니 열심히 살고 있는 사람으로부터 즐거움을 받고, 또 내가 열심히 살아 즐거움을 주고 이러한 이유로 사람들이 사는 것이라 하여도 무리가 아닐 듯싶다.

어제 총장님 댁 초대에 다녀왔다면서?

모두 건강하시고 편안하시지? 그래 잘 다녀왔다. 꽃이라도 한 송이 들고 다녀왔는지 모르겠구나.

사람이 떠난 자리, 남은 이들에게 잊혀지지 않고 기억되어 만날 수 있는 관계는 참으로 아름답고 좋은 모습이란다.

시간 때문에 내키지 않아 하더니……, 정말 잘 다녀왔다.

어려움이 있더라도 양보할 줄 아는 게 진짜 멋진 사람이지. 엄마는 네 생각만 하는 것이 옳지 않다고 생각했어.

어때?

다녀오니 또 다른 생각으로, 또 다른 배움도 있었지?

네가 지냈던 집이니까 느낌도 각별했지.

정말로 감사한 하루였다.

정아야, 그분들은 많은 부분에서 바른 생각으로 옳고 깊게 사시는 분들이야. 그래도 잊지 않으시고 혼자 지내는 널 각별히 생각하시는, 그 작은 일에서도 엿볼 수 있는 삶, 그렇게 바쁘신 분들이 네 생일을 기억해 초대해 주셨으니 진심으로 고맙게 생각할 줄 알아야 한다.

보통 총장님을 면담하려면 적어도 한 달은 기다려야 한단다.

아름다운 길을 걸어오셨고, 계속해서 그 길을 걸으실 분들이다. 네가 많이 본받았으면 좋겠구나.

기특하구나. 네가 부쩍 어른이 된 느낌이다.

시험이 곧 밀려들어 힘든 시간들이 많겠지만 그래도 마음과 시간을 다해 막바지 학업에 박차를 가하기 바란다.

홍삼정과 함께 힘내도록 부탁하마.

이런 생각이 들었단다.

엄마가 왜 이렇게 사는가?

생각해 보니 열심히 살고 있는 사람으로부터 즐거움을 받고, 또 내가 열심히 살아 즐거움을 주고 이러한 이유로 사람들이 사는 것이라 해도 무리가 아닐 듯싶다.

더욱이 네가 무슨 생각을 하거나 네게 좋은 일이 있다면 즐겁고 행복하단다. 물론 나는 네가 건강하게 잘 지내고 있다는 그 자체만으로도 얼마나 기쁘고 고마운 일인지.

다시 거꾸로 생각해 보아라.

내가 누군가에게 기쁨과 행복을 선사한다면 그것이 사는 보람이고, 그 보람으로 나 또한 기쁘고 행복한 일이 아니겠니?

네가 스스로의 네 삶을 책임지는 모습, 성실히 살아 한 폭의 그림 같은 아름다운 모습으로 보여진다면, 그래서 사람들에게 편안하고 행복해하는 모습으로 전달된다면 얼마나 고맙고 아름다운 일이겠니? 그것이 바로 사람들이 사람들과 함께 주고받는 가장 큰 선물이란다.

정아야, 그 선물, 우선 우리에게 선사하지 않겠니?

선물은 받을 때도 기쁘지만 준비된 사람에게 줄 때의 기쁨은 더 대단하단다. 우리는 네게서 받는 이 생의 작은 선물을 최대의 선물로 생각하면서 기다리면서 행복해할 것이다. 그리고 다시없는 보람 중에 하나로, 기쁨과 사랑으로 포장해 많은 이들에게로 다시 선사하련다.

마음의 행복이란 선물은, 이렇게 서로가 서로에게 기쁨을 돌려주고 나누어 선사하며 지내는 것이란다.

나로 인해, 내 성실과 최선으로 인해 누군가에게 행복을 선물할 수 있다면, 그래서 다시 우리가 그 선물을 언젠가 다시 돌려받는 영광을 얻게 된다면, 그 작은 것이 바로 성공이며, 삶의 가치가 아닐까.

엄마가 독일에서 전시했을 때, 사람들이 좋아하고 독일 신문에 엄마 모습이 소개되면 정아는 떨리고 긴장되면서, 기쁘고 행복하다고 했었지? 또한 아빠께서 국제 학술회의에서 질문을 받으시며 발표하실 때도 떨리고 감동했다고 말했던 것 너도 기억하지?

그렇게 기쁨은 나만의 것이 아니고 서로 나누는 데 배가 된단다. 때문에 네가 성실하게 노력하여 얻어낸 성과가 서로에게 용기도 주게 되고, 의욕도 주게 되고, 꿈도 행복도 나누는 것이란다.

우리 서로 기쁨과 행복을 나눌 수 있도록 그렇게 열심히 살자고 얘기해도 힘들어하지 않겠니?

우리 사람들에게 용기와 의욕과 꿈을 줄 수 있는, 그런 사람으로 살 수 있도록, 이왕 한번 살아가는 인생, 노력해 보지 않을래?

틀림없이 행복이 내 것만이 아니라는 것을 알게 될 거야.

내 노력과 최선으로 이루어낸 내 행복은 내가 남에게 주지 않아도 저절로 이미 남에게 나누어 주고 있는 것이란다.

그래서 남에게 용기도 줄 수 있고 의욕도 줄 수 있고 꿈도 줄 수 있지. 그것이 바로 사는 것이란다.

이러한 삶이 바로 영혼의 신발을 신고 아름다운 길 가는 것이라는 생각을 했다.

나는 네 저력을 믿는단다. 너는 뭐든지 마음만 먹으면 해낸다는 것을 굳게 믿고 있단다.

그러나 부디 부담감 갖지 말거라.

부담감을 갖지 말라고 해도 갖게 되겠지만, 그렇더라도 그 부담은 생의 그늘 같은, 누구에게도 있는 시련의 극복 시간으로 받아들이거라.

정아야, 큰숨 들이쉬고 긴 호흡 열 번만 하거라.

그리고 눈감고 천천히 열 번만 세거라.

아마 많이 편안해질 거다.

무엇보다 무리하면 감기 올 수 있으니 조심하거라.

네 힘을 믿으면서,

엄마가

생의 터널 같은… 이 년째 봄11

좋은 습관이야말로 좋은 스승이란다. 사람은 어릴 때부터 '사고(思考)'하는 힘을 키워야 훗날 자신의 인생관을 바르게 형성할 수 있단다.

시험 때 몇 번 통화하려고 했으나 연결이 잘 안 되어 아줌마하고만 통화했다.

시험은 어떻게 치렀는지, SAT는 잘 보았는지 궁금하구나. 허나 이미 치른 시험은 결과가 어떻든 받아들이거라.

시험이란 네 노력만큼의 것이니 이제는 어떤 결과더라도 받아들이거라.

혹여 생각보다 안 나오더라도 잊고 다음 단계로 가야 한다.

오늘 뉴스 특보에 독일 고속철도 사고가 나와 얼마나 놀랐는지 모른단다. 독일에서 우리가 즐겨 타던 이체에(ICE, Inter City Express)가 사고 났다니, 너무 놀랐다.

나라 전체가 말이 아니겠구나. 더욱이 독일이라는 국가의 기술과 신용에 대한 자존심이 말이 아니겠다는 생각을 했다.

신문을 읽을 수 있으면 고속철도 사고 기사는 스크랩을 하렴. 뿐만 아니라 독일 신문을 읽기 시작하면 독일어를 익히고 시사에 대한 지식을 넓히는 데 도움이 된다.

시간이 나지 않는다고 접어두지 말고, 독일 신문 읽는 것을 습관화하렴. 좋은 습관이야말로 좋은 스승이란다.

시험이 끝났으니 방문을 활짝 열어 청소하고 목욕하고 이것 저것 정리하고 수학여행 떠날 때 필요한 것(여권, 환전)들을 미리 챙기도록 해라. 그리고 용돈은 얼마나 필요한지, 아줌마에게 100마르크만 아일랜드 돈으로 바꿔 달라고 부탁드리고, 100마르크는 비상으로 가져가거라.

정아야, 돈은 써보면 별 게 아니란다.

그러나 쓰다 보면 별로 좋지 않은 낭비벽만 생기게 되지.

더욱이 돈을 쓰려면 그만큼의 시간이 필요하니, 자연히 공부해야 하는 시간이 줄어들게 되는 거지. 돈과 학문은 반비례하는 셈이란다.

그래서 나는 네게 필요한 만큼만 주었구나. 그러나 언제든지 필요한 것이 있으면 이야기하렴. 문제 아니다.

그래, 우리 그런 거 초월하면서 근사하게 살자.

아일랜드는 추울 테니 스웨터나 두터운 옷을 꼭 챙겨 가야 한다. 기본적인 것부터 차근차근 잘 챙기고, 물건 흘리지 않도록 해라. 그리고 친구 집에서 떠나든지 아니면 네 집에서 떠나든지 그것은 아줌마와 상의해 좋은 방향으로 결정하면 될 것 같구나.

그리고 작은 것이라도 한노에게 선물 준비하는 것 잊지 말고. 마음에서 우러나는 것이라면 아주 작은 것이라도 의미 있는 선물이라는 것을 잊지 말기 바란다.

네 그레펠핑의 생활 이후 나는 마음의 여유가 많아졌단다.

아줌마한테 이 마음을 어찌 표현할지, 많이 감사하고 있다.

사람에게는 때가 있게 마련이란다. 그중에서 입시라는, 시험이라는 과정은 삶의 여로에서 터널 같은 것이란다.

어떤 방식으로든 우리 삶에서 가끔씩 통과해야만 하는 필연이라고 생각하면 된다. 누구든지 좀 더 가보고 싶은 삶을 향하여, 좀 더 알고 싶은 지식을 얻기 위해서는 필연적으로 어려움도 따른단다. 이 어려움의 극복은 참아내는 뿐이란다.

지금 엄마가 무슨 말하는지 이해할 거야. 왠지 네가 조금 풀어진 듯싶은 텔레파시가 느껴져 자꾸 불안해지는구나.

무슨 일이든 너무 성급하게 판단하지 말고, 곰곰이 생각하는 습관으로, 신중하고 성실한 생활을 당부한다.

사람은 어릴 때부터 '사고(思考)' 하는 힘을 키워야 훗날 자

211

신의 인생관을 바르게 형성할 수 있단다. 아울러 이러한 사고는 자신에게 처한 현실을 똑바로 보도록 하며, 어떠한 어려움이 닥쳐도 극복할 수 있다.

엄마는 네 생각과 행동에 믿음을 심으련다.

지난주부터 9일 기도로 네 얼굴을 그리며 출퇴근했다.

여러 가지 도와주시리라 믿으면서, 틈내어 기도하는 자세를 너한테 권하고 싶구나. 길 떠나고 올 때 늘 기도하는 것 명심하고, 오만과 방종으로 예수님께 매 맞는 일이 없기를 바란다.

다시 연락할 때까지 몸 건강히 잘 지내고, 풀어진 마음 빨리 붙들어 생활의 리듬을 찾아 움직이기 바란다.

우리 기도 중에 만나자.

사랑하면서, 엄마가

참여행은… 이 년째 봄12

　여행이란 사람의 마음을 넓게 키우면서, 생각의 날개를 자유롭게 한
단다. 바로 사람의 그릇을 바꾸기도 하는, 큰 힘을 여행이라는 것이 일
러준단다.

　내일 떠나는구나.

　늘 이야기했듯이 선생님으로부터 한마디라도 더 듣고 보고
배우는 자세로 여행에 임하기를 당부한다.

　여행 중에는 감정과 기분에 치우칠 수 있으니, 명심하여 정신
을 붙들어 매고 분별 있는 행동으로 즐겁게 지내기를 바란다.

　이런, 오늘도 넌 한 발짝 컸구나.

　사람은 여행을 통해 많은 것을 배우게 된단다.

　세계 여러 나라의 문화 충격에서 벗어나면서, 그 나라의 역
사와 문화를 바르게 보고 배우는 지식도 중요하겠지만, 세계
문화로부터 세상 사람들을 알게 되고 이해하게 되고 우주란
것을 배우게 된다. 그러면서 바다를 바라보듯 그렇게 시야가

넓게 커지면서 사는 것들이 되돌아 보인다.

그래서 삶은 아주 작은 것들까지 소중하다는 걸 알게 되고, 삶은 또 그렇게 별 다르지 않은, 지나치게 응집할 이유가 없는, 그래서 삶의 크고 작은 차이가 없는 것을 알게 된단다. 이처럼 여행이란 사람의 마음을 넓게 키우면서, 생각의 날개를 자유롭게 한단다.

바로 사람의 그릇을 바꾸기도 하는, 큰 힘을 여행이라는 것이 일러준단다. 그리고 여행은 인간에게 또 다른 삶의 우연한 기회와 사람들을 만나게 해준단다.

부디 이 여행을 통해 많은 것을 배우고 느끼고 깨달아 삶의 좌표가 될 수 있는 기회를 얻거라.

아일랜드 돈은 바꾸었는지 모르겠다. 영국 동전은 쓸 수 없다는 걸 알고 있지?

혹시 길을 잃었을 때 쓸 수 있는 비상금을 몸에 지니고, 문화 관찰에 관심 두거라.

예정대로 6월 22일 월요일 에어프랑스 2522편으로 19시 55분에 뮌헨 공항에 도착할 예정이다.

아빠께서는 6월 24일 수요일 예정이시다.

진학담당선생님을 25일 만나자고 편지했으니, 여행에서 돌아와, 아빠께서 학교에 오신다는 것 잊지 말고 말씀드리도록 하거라.

그리고 우리는 8월 1일부터 28일까지 I.B.Z.에 머물게 된다. 이러한 계획을 아줌마께 잘 여쭙도록 해라.

실은 한노 생일에 친구들이 오면 엄마가 좀 도우려고 생각했는데, 너 있는 곳에 나까지 머무는 게 오히려 폐가 될까 싶어 25일 네 방학과 아울러 떠나기로 했다.

아줌마는 이런 엄마 마음 아실 것 같구나.

여행 잘 다녀오고, 부디 몸과 마음 조심하고 건강 유념하며 다니도록 해라. 피곤하면 감기가 오니, 부디 침착하고 여유 있게, 늘 정신은 바로 하여 열심히 보고 오너라.

여행이 무언지, 여행은 어떻게 하는 건지, 여행에서 무엇을 얻을 수 있는지, 참 여행에 관해 배우면서 유익하고 보람된 시간이 되기를 바란다.

네 여행길에도 엄마의 기도가 함께 가면서,

엄마가

잠시 회상

서로의 일터에서 각자의 삶에 충실함으로써 아이의 고3을 실천으로
가르쳤다.

그해 여름, 아이는 10학년을 마치고 11학년으로 올라가는
방학이었다. 다시 만남의 기쁨을 스케치하면서 행복해하다가,
여느 때처럼 며칠 아이와 함께 등교했다. 아이의 학교생활과
표정을 직접 살펴보기도 했고, 선생님들을 돌아가면서 만나
그동안의 아이 학교생활에 대해 묻고 듣고 한다.

때로는 복도에서 부딪치는 대로, 혹은 선약된 시간에 만나
기도 했는데, 학교에서는 몇 달을 떼어놓은 어미 마음의 많은
부분들을 인정해 주었다.

어쨌거나 선생님들은 아주 반가워하셨다. 우리의 정성에 감
탄하기도 했고, 관심과 배려를 아끼지 않고 친절하게 설명해
주셨다.

뮌헨에서의 이 여름 우리 모두는 서로의 일터에서 인터넷으로 자료를 찾는 것을 배우며 보냈다. 10학년 2학기부터 11학년까지 일 년이 우리나라로 치면 고3이었기 때문에 우리는 뒤늦게나마 긴장된 시간을 보냈다.

그저 조용히 지내면서 일간지 칼럼도 쓰고, 소품도 몇 점 그려낸 것도 수확이라면 수확이었다. 그야말로 서로의 일터에서 각자의 삶에 충실함으로써 아이의 고3을 실천으로 가르쳤다.

민족 갈등 이 년째 가을1

북한에도 미국 대사관과 무역사무소를 열므로, 미국이 경제 발전에 참여하자는 속셈도 있다. 서울——평양 모두 미국의 영향권 안에 둠으로써 미국은 한반도에서 여타 다른 국가들의 세력을 막을 수 있다는 외교정책이 있다.

무릎은 어떠니? 병원에서 물리치료와 운동은 했는지?

의사선생님 말씀을 따라 하는 게 최선의 방법이다.

엄마 말 흘려듣지 말아야 한다. 별 것 아닌 것을 방심하면 훗날 크게 후회한다. 무엇보다 건강에 대한 지시는 소홀함 없어야 한다.

겁내지 말고, 태연하거라. 혼자 아파야 하는 것도……

엄마가 무슨 말 하려는지 알지? 모든 것들은 살아가는 데 일어날 수 있는 일이니 대범하게 받아들여라.

엄마가 뛰어가서 볼 수도 없고, 그저 무사하기를…… 기도 중에 무탈하기만을 빌어본다.

서울 생활은 늘 정신이 없다.

이번 주부터 중간시험이라 어제 감독 끝내고, 잇몸 치료하고 있다. 오늘 아래쪽 부분을 수술하고 다음 주에 남은 한쪽 끝난다. 그러고 보니 나도 너 없이 혼자 아픈 걸 참아내고 있구나.

어제는 조금 걱정했다. 아줌마가 집에 계실 때는 마음이 한결 편했는데, 며칠 혼자 있다니까 또 걱정이구나.

그러나 이것저것 과제와 시험 준비로 분주하리라 생각한다.

마음을 편안히 하고, 하는 일마다 기도하며 정성스럽게 준비하기다. 어려운 시간들은 많이 지났고 남은 시간들 뒷마무리한다는 마음으로 다하거라.

사람은 항상 끝마무리가 중요하단다.

엄마 말 명심하여 마음을 다한다고 약속하자.

역사 과제에 도움이 될까 싶어 정리해 보았다. 도움이 되었으면 좋겠구나.

남북한 통일의 배경

아이의 한국어 단어가 짧아 영어토를 달았다. 그대로 실어 본다.

1945년 일본으로부터 해방된 남북한은 이념(민주주의와 공산주의) 분쟁으로 분단되었다. 1948년 남북한이 정부 수립한 지 50년이 넘는 올해도 여전히 분단의 비극을 면치 못하고 ① nation ② countries로 남아 있다.

그러나 냉전 체제 이후 북한은 변혁(transition) 체제로 전환되고 있는데, 김정일은 이 체제를 그대로 유지하면서 경제 개방(open)을 종속시키려 하고 있다.

한반도는 2(남북한) ⏐ 4(미국, 러시아, 중국, 일본) 형식으로 평화를 유지하자는 것이 강국들의 속셈이다. 왜냐하면 한국과 북한, 즉 한반도는 Divide and rule(국가를 분리시켜 지배하려는 정책)이 용이하기 때문이다. 만일 한국이 통일되면 한민족이 강국으로 되어가는 부담스러운 국가가 될 것이기 때문이다.

한국 정부는 1950년대에 반공 투쟁으로 군사적 차원에서 싸워 이기려 했다.

1972년 이후 박정희 대통령은 독일의 동방 정책을 배워서 남북 관계를 개선하려 했고, 노태우 대통령은, 1980년대 말에 북방 정책에 관한 기본 협정을 맺음으로써 남북 간의 분쟁을 막고자 했다. 또한 김대중 대통령은 햇볕 정책으로 북한을 도와 서로 협력하려는 우호 정책을 취했다.

남북한 간에서 군사적 분쟁을 존속하면서 전쟁을 막고 언젠가는 경제협력 연방 체제로, 양 분단국의 체제를 인정함으로써 남북 서로의 정치 체제를 유지하자는 것이다.

경제적으로 북한보다 여섯 배나 잘사는 남한이 북한을 도와주므로 분쟁 소지를 적게 하려는 방법이다. 즉, 정치적으로 현재 체제를 유지하고 경제적으로 협동하자는 것, 남한과 미국 서방국가들이 KEDO(한반도 에너지 개발기구, Korean Peninsula Energy Development Organization) 프로그램에 의해 북한 핵발전소를 지어주고, 경제적으로 무역을 많이 하고 투자함으로써 북한을 어느 정도 살게 해주는 것이 남한에도 도움이 된다는 이치다.

정주영 현대그룹 회장이 소 500마리를 북한에 싣고 직접 방북한 것과 그 외에 고향 땅의 금강산에도 관광 프로그램을 만듦으로써 관광사업을 발전시키려고 하는 것도 그러한 이유에서다.

미국은 한반도에서 북한과 직접 전쟁을 했지만, 그들과 협력하려는 이유는 잘못하면 한반도를 중국, 일본, 러시아에게 빼앗기지 않으려는 의도이다.

미국이 북한을 선점함으로써 미국이 주도권을 갖게 되며 북한에도 미국 대사관과 무역사무소를 열므로, 미국이 경제 발전에 참여하자는 속셈도 있다. 서울—평양 모두 미국의 영향권 안에 둠으로써 미국은 한반도에서 여타 다른 국가들의 세력을 막을 수 있다는 외교정책이 있다.

우리는 21세기에도 여전히 분단국으로 남게 되므로 정치적으로 불리한 위치에 머물게 된다. 따라서 남북한이 외교 세력의 영향을 적게 받기 위해서도 통일의 노력은 필요하다.

통일이 되었을 때의 문제점

한반도는 동서독의 통일을 주시해 괸찰해야만 한다. 서독역시 준비가 되지 않은 상황에서 통일이 되었다고 말들을 하지만, 한국보다는 월등히 안정된 사회보장제도가 뒷받침된 상황이었다. 또한 매사 정확한 독일 국민성을 바탕으로 국민의철저한 협조 아래 통일이 이루어졌다.

그러나 작금의 남한은 경제적인 어려움뿐만 아니라 경제에 대한 국민의 불안한 정서가 가중되어 통일에는 많은 문제점이 초래될 것으로 보인다.

통일의 필요성은 인정하지만, 준비나 각오가 없는 상태로 통일되어서는 안 된다는 대다수 남한 국민들의 여론은 그만두고라도, 북한 사람들의 물질적인 소외와 거기에 따르는 정신적인 갈등을 고려해야 한다. 그리고 여기서 야기될 사회 혼란은 남북한 모두를 불행하게 할지도 모른다는 여론이 지배적이다.

한반도의 통일은 남북한의 긴밀한 협조 아래, 주변국들의 이용 대상이 되지 않도록 서로 양보와 이해가 밑바탕에 깔려 있어야 한다.

과거 남북한 체제가 미국과 소련으로 갈렸듯이 21세기 한반도는 미국과 중국으로 갈릴 전망이다. 따라서 남북한은 스스로 통일 방안을 모색해야 한다. 물론 그러려면 상당한 위험부담이 따르므로 철저한 준비 과정은 필수적이다. 결론적으로 한반도의 통일은 남한의 충분한 경제력과 정치적 안정이 자리매김 될 때 통일에 대한 준비와 방안도 단단히 다져지리라 판단된다.

정아야,

급히 정리한 것이, 네가 초안을 잡는 데 도움이 되었으면 좋겠구나. 이를 기초로 하여 네 주장을 설득력 있게 발휘하기 바란다. 그리고 아줌마께 통독에 대한 후유증을 물어 비교하면 네 나름대로의 근사한 보고서가 나올 것 같다.

제5공화국부터 전화로 좀 더 자세히 설명해 주마.

건강히 잘 지내기 바란다. 잠잘 때 자도록 하고, 일찍 일어나는 하루 습관 바르게 갖기를 당부한다.

무릎에 따뜻한 물로 찜질하는 게 좋을 테니 참고하고 잇몸

상하지 않도록 청결히 관리하도록 당부한다.

무엇이든지 네가 미리 예방하고 조심하면 훨씬 도움이 된다는 걸 명심해라.

옛말에 호미로 막을 것을 가래로도 못 막는다는 말이 있다.

너는 그러지 않을 거지? 이런 일로 엄마 걱정시키지 않을 거지? 그래, 미리미리 예방하는 습관 명심 또 명심하자.

언제쯤 한국에 올 수 있는지 날짜 선택하여 여행사에 예약해야 한다. 결정되는 대로 나에게 알려주면 좋겠구나.

오늘도 네 좋은 습관을 위해 기도하면서,

엄마가

금쪽같은 시간 이 년째 가을2

남은 네 금쪽같은 시간들 후회 없이 구도하기 바란다. 훗날 네게 반드시 찬란한 금 같은 추억이리라.

방금 네 하루를 위해 로사리오 올렸다.

마음 편안하게 갖고 침착하게 시험 치르길 기도한다.

오늘 하루 네게 신의 각별한 보살핌이 있기를 기도에 의지한다. 특히 아는 것에 신중하거라.

남은 네 금쪽같은 시간들 후회 없이 구도하기 바란다.

훗날 네게 반드시 찬란한 금 같은 추억이리라.

누구도 네 시간을 갖고 갈 수 없는 그렇게 중하고 소중한 추억이리라.

어려움도 외로움도 기쁨도 보람도 그리고 슬픈 아픔까지도 네게는 소중하고 아름다운 추억이리라. 맘껏 화려하고 예쁘게 기억할 수 있는 네 미래의 꿈을 자유롭게 구도하거라.

참으로 아름다운 좋은 시간이니라.

네 오늘이 행운이기를 기도한다.

기도 속으로 들어가니 거기서 기다리마.

연구실에서,

엄마가

생각할 수 있는 힘 이 년째 가을3

자연적이고 인간적인 인성 교육을 주도했어도 아직은 네가 열여덟 살 전 교육이라는 사실 때문에, 배워야 한다고 이르고 있다. 배워야만, 한참 배우고 나서야 사람은 인성도 자연도 깨달을 수 있다고 이르련다.

며칠 내내 불안하고 잠을 자지 못했단다. 그냥 이상했다.

마음이 안타깝고 무어라 표현하기 답답한 심정이었다.

조금, 아주 조금 모자랐던 느낌이지.

네 옆에 있어야 위로든 설교든 뭐든 할 텐데, 어떡하겠니? 또한 내가 너한테 꾸중을 한들 너나 나에게 상처만 남을 텐데.

바쁜 와중에 무릎 치료 다니느라 시간도 마음도 빼앗기고, 삶의 많은 과제들 혼자 해결하려니 넌들 왜 심리적 부담이 없었겠니. 내가 돌봐줄 수 없었던 상황이 안타까울 때마다 기도하며 이해했다. 그런데, 그런데도 섭섭한 이 마음은 뭘까? 그냥 야속해 나도 모르게 울어버렸구나. 이 마음까지도 네가 이해해 줄 수 있었으면 싶다. 이해할 수 있지?

정아야, 네가 참말로 최선을 다했을까? 그렇다면 아무 말도 필요 없는 것이란다. 하지만 엄마는 너와 통화하면서 네가 후반부에 조금 풀어졌다는 생각이 들어 이미 불안했단다.

정아야, 지금부터 남은 6개월 네 각오가 좀 더 달라지지 않으면 다시 네가 아플 수 있다는 생각으로 아파했다.

무엇 때문에 엄마와 떨어지는 아픔을 감수하면서 그곳에서 공부하고 있어야 하니?

한시라도 그 이유를 네게 다시 물어보지 않으면 네가 엄마와 떨어져 지내며 아팠던 것들이 의미가 없어진단다.

네가 그 길을 선택한 것은 선진국에서 좀 더 넓은 시야로 배우겠다는 네 의지였다. 어쨌거나 교육이었다.

물론 점수 몇 점이 모든 인생을 좌우한다고 생각하지는 않는다. 단지 목표했던 대학에 갈 수 없을 때, 네가 좌절할까 봐 걱정이다. 그러나 이러한 경험은 반드시 약이 되어야 한다.

정직하게 최선을 다해 목적지에 도달했다면 그다음 목적지도 자신과 의욕으로 계속할 수 있단다. 그래서 그 의욕으로 한 계단씩 오르며, 자기 확신을 갖게 되는 것이란다.

사람은 삶의 단계를 배우는 과정에서 힘을 깨달을 수 있단다. 그래서 나는 너에게 좀 더 넓은 기회와 조건에서 인생의 힘을 알게 하고 싶었다. 이는 아이비리그에 대한 무조건적인 집착과는 차원이 다르다. 여기서 배우고 얻고 생각하는 것이 어떻게 다른지, 그 길을 이미 지나온 내가 조금은 예감할 수 있구나.

하지만 어쩌겠니?

공부하려면 이제라도 조금 모질어 보지 않겠니? 새로 시작하는 마음으로 새로운 다짐으로 시간을 새롭게 재무장하고 다시 일어서지 않을래? 설령 속는 느낌이 든다 해도.

정아야, 유학이 안일하고 무모한 낭비로 귀결된다면, 그리고 네게 가르친 것이 없다고 판단된다면 우리 세 식구는 국가와 사회에 공범자 같은 죄의식으로 힘들어해야 한단다.

무슨 말인지 이해하지?

아무리 내가 네게, 자연적이고 인간적인 인성 교육을 주도했어도 아직은 네가 열여덟 살 전 교육이라는 사실 때문에, 배워야 한다고 이르고 있다

배워야만, 한참 배우고 나서야 사람은 인성도 자연도 깨달을 수 있다고 이르련다.

엄마 말 백분 이해하고 일어설 수 있지?

정아야, 엄마 말이 어렵거든, 그래서 이해가 되지 않으면 우선 용서하고 엄마를 믿거라. 이 고비를 부디 스스로 넘기거라. 넘기지 못하면 세상 아무도 너를 도울 수가 없단다. 엄마도 아빠도 물론 할 수 없고, 할 수 있다 해도 우리는 아닌 길은 절대 가지 않는다. 이는 누구보다도 네가 잘 안다.

정아야, 지금은 아프더라도 네가 해야만 되는 일이 뭔지 정확히 깨우쳐야 한다. 엄마 말 잘 듣거라.

지금 너는 울 시간이나 방황할 시간이 없다. 무엇을 어떻게 해야 하는지는 엄마가 말하지 않아도 네가 잘 안다.

마음을 강하게 먹고 아침잠을 떨쳐내야 한다.

아침 시간에 한 시간씩 부족한 과목 포기하지 말아야 한다. 1분 1초가 지금 네게는 황금과도 같다.

이제라도 네가 절실히 깨닫기만 한다면 모든 게 다시 가능해진다.

정아야, 지나간 것은 더 이상 이야기하지 말자.

네 탓만도 아니라는 걸 잘 알고 있다.

조금 일찍 SAT, TOEFL 공부를 시켰어야 했는데, 그런 걸 개의치 않고 신나게 데리고 다닌 엄마의 오만도 문제였고, 또한 무릎 때문에 금쪽같은 시간에 혼자 물리치료를 받으러 다녀야 했고, 돌아오면 피곤했을 텐데…… 이 모든 것을 곁에서 봐줄 수 없던 조건들이 결코 네 탓만은 아니었다.

무거운 짐 덜거라.

그러나 번뜩 생각나는 것은, 여행을 다녀도 병원을 다녀도 네가 해낼 수 있는 것은 해냈어야 했다고 이르고 싶은 마음, 그 믿음에는 변함이 없단다.

닥치면 해낼 수밖에 없다는 이치 때문에 이렇게 너를 붙들고 하염없는가 싶다.

　이런 나에 대하여 네 부담도 오죽했을꼬.

　우리 함께 무릎 꿇자.

　이제 네가 알아듣는 것 같아 좀 마음이 놓이는구나.

　마음을 정돈해 다시 조금만 더 일어서 보자.

　정아야, 왜 이렇게까지 엄마가 말하는지 알지?

　엄마는 이미 네가 겪고 있는 길을 걸었단다. 그래서 아직 네가 겪지 못한 삶에 대해, 그리고 네 희망과 기회에 대한 바른 인도를 타이르고 있구나. 아마도 이는 부모밖에는 할 수 없는 자식이 걷는 아름다운 길의 기원일 거야.

　사람에게는 때가 있는 법이란다.

　그때를 놓치면 되돌릴 수 없는 경우가 많단다.

　그것이 바로 지금 네 10대의 마지막 앞에서 네가 결정해야만 하는 순간이란다.

　지금 네가 끝자락의 유종의 미를 거둬야 하는 게 얼마나 중요한지 알 수 있을까? 알 수 있어야 하는데…….

　네 대학을 미국으로 권한 것은 훗날 이해할 것이다. 네 생의 날개를 펼칠 공간을 선택하는 건 매우 중요한 일이었다. 우리는 네가 광활한 무대에서 삶의 존재와 가치를 깨닫고 날개도 활짝 펴기를 바란단다. 또한 자본주의에서 경쟁이 얼마나 무섭고 냉혹한지 실제로 보고 배울 수 있어야 했다.

그동안 너도 고생이 많았는데, 마음이 오죽할까?

가여운 네 생각에 엄마는 마음속으로나마 너를 오래 안고 보듬었구나. 그랬더니 알 수 없는, 백지 같은 눈물방울이 마음을 데우면서, 너를 다시 타이르게 하는 용기가 생기더구나.

정아야, 너도 힘내어 엄마 안아줄 수 있지?

그래, 우리 힘내어 다시 시작하자.

새로운 용기로 극복하는 각오, 그렇게 모든 것은 네 마음과 의지에 달려 있단다.

모든 것들은 너에 의해 결정이 된단다.

요행은 바라지도 말고 행운도 기대하지 말거라.

네 의지만 믿거라.

네 힘, 오로지 네 힘만을 믿거라.

엄마 충고 받아들일 수 있지?

엄마는 네가 얼마큼 노력했는지도 믿고, 네가 얼마큼 어려운지도 안다.

부디 이 결과가 네게 아픔과 실망보다는 좋은 경험의 약으로, 이 과정도 필수적으로 겪어야 하는 과정이라 믿자.

기분이 엉망이겠지만 다음 과제가 기다리고 있으니 어서 진도 나가자구나.

지금은 속상해 있을 시간이 없단다. 단지 네가 실망해 맥 놓지 않는 것만으로도 나는 고마워하련다.

쉽게 얻어지는 것은 쉽게 허물어진다는 생각으로 오늘을 위로하자.

이제 독일에서의 네 생활을 돌아보며 미국에서 시작하는 새로운 생활을 위해 스스로 설계해 보렴. 눈물을 털고 새로운 마음으로 다시 시작하자구나.

사랑한다, 정아야.

깊은 가슴으로부터 나오는 네 한숨까지도 사랑하련다.

정아야, 우리 며칠 마음을 다듬었다가 통화하자. 그리고 다시 통화할 때는 다 지나간, 벌써 지나가 버린 일이라고 하자. 우리는 생각할 수 있는 힘을 가졌으니까.

건강 유념하고 하루도 총명하게 보내기 바란다.

엄마가

눈먼 어미라면··· 이 년째 가을4

누군가가 네게 이렇게 이르라고 하셨다. 바로 네 미래와 오늘을 향해 던지는 엄마의 돌이라고. 어미가 눈이 멀어 제 자식의 잘못을 지적하지 못한다면, 자식의 미래를 어둡게 하는 것이 아닌가 생각했다.

마음은 괜찮아졌니?

며칠 사이에 여러 가지 생각이 다녀갔다.

그 가운데 얻은 두 가지 결론은, 우선은 이 어려웠던 기회를 통해 네가 새 힘을 찾을 수 있어야 하고 다음은 그 기회가 반드시 약이 되어야 한다는 것이다.

정아야, 엄마 말 섭섭하게 생각하지 말고 다시 들어보렴.

몇 번 망설였지만 꼭 해주어야 한다고 생각했단다.

왜냐하면 이 말은 어느 누구도 네게 해줄 수 없는 말이라고 판단했기 때문이다.

정아야, 네 문제는, 네가 세상을 너무 쉽게 생각하고 그저 어떻게 되겠지 하는 느긋한 생각과, 뭐든 대충 하려는 안일함에서 비롯되었다는 걸 꼭 지적하고 싶구나.

용서해라. 아픈 소리지만 정아가 들어야 할 소리여서 엄마도 마음 굳게 먹고 하는 소리다.

서로에게 마음 아픈 소리지만 네가 그것을 깨달아 고치려는 의지가 없다면, 어려움을 반복할까 염려되어 잠이 오지 않더구나.

정아야, 엄마 말 곡해해서는 정말 힘들어진다.

네 잘못을 깨닫지 못해 시행착오를 반복한다면, 그래서 네 인생에 만족하지 못해 세상을 원망하는 좌절로 살면 어쩌나, 갑자기 가슴이 무너져 내리는 소리에 내가 잠에서 깨어났단다.

꿈을 꾸었단다. 누군가가 네게 이렇게 이르라고 하셨다.

바로 네 미래와 오늘을 향해 던지는 엄마의 돌이라고,

어미가 눈이 멀어 제 자식의 잘못을 지적하지 못한다면, 자식의 미래를 어둡게 하는 것이 아닌가 생각했다. 그 점이 염려되어 이렇게 아픈 소리로 채찍을 들 수밖에 없으니 이런 엄마 마음을 이해할 수 있겠니?

정아야, 이것은 비단 공부만이 아니란다. 단지 시험이라는 것을 통해 나타나는 점수가 공부라는 거여서 그렇지, 실은 그보다도 네 생활의 전반을 아울러 진단해 보아야 한단다.

네 좋은 점은 말하지 않겠다. 네게 얼마나 많은 좋은 점이 있다는 사실도 엄마는 익히 알고 있으니까.

그런데 부모 아니고는 누구도 네 단점을 지적하지 않는, 네 부족한 점 몇 가지를 찌르고 가야기에 이 아픈 소리를 해야 하는 것이란다.

물론 사람은 누구나 잘못과 오류를 반복하면서 사는 동물이다. 때문에 돌아보지 않고는 살 수가 없는 것이란다.

그러나 돌아보지 않고 매일 잘못된 습관 속에서, 무엇이 잘못되었는지도 모르고 반성 없이 산다면 그것은 산다는 것에 대한 의미가 무엇이겠니? 이는 반드시 생각하고 가야 한단다.

정아야, 이제라도 잘못이라고 생각되는 것이 있으면 용기 내어야 한다. 어느 때든 늦었다고 생각할 때가, 시작일 수 있는 때임을 감히 이른다.

엄마는 네게 언제라도 돌아오고 싶으면 돌아올 수 있도록 이미 문을 열었었다. 많은 부분, 네 스스로가 선택한 삶이었다. 그런데 그렇게 선택한 외롭고 힘들고 어려웠던 길을 어찌 놓쳐 보낼 수가 있겠니? 아깝고 원통하지 않겠니?

잘못하면 그러한 것이 가슴에 못이 되어 남는단다.

물론 그 선택의 책임을 네게 모두 지우려는 것은 아니지만 그래도 네 선택이 우선이었기 때문에 스스로에게 책임을 물어야 한단다.

이제는 엄마 책임에서 90퍼센트가 서서히 네 책임으로 옮겨 가야 하는 시점이란다. 머지않아 열여덟 살이 되니까.

엄마 말 잘 생각하여라.

엄마도 가능하다면 네게 좋고 따뜻한 말만 하고 싶단다.

아픈 소리, 싫은 소리 해야 하는 엄마 마음은 어떻겠니.

그러나 그래도 너를 안을 수 있는, 끝도 없이 안아줄 수밖에 없는 우리의 소중한 꿈이고 용기일 수 있기 때문에, 지칠 줄 모르며 네게 충고하는 것이란다. 그리고 이 충고는 사랑이란다.

정아야, 아직은 너의 잘못된 습관들을 고칠 수 있는 시간이 충분하단다. 아직은 네가 어른이 되어 가는 시작이랄 수 있고, 그 다음엔 너를 지켜보는 사람들에게 용기를 주어야 하는 사명감도 있지 않겠니? 그래서 사람들은 사는 거 아니겠니?

부디 엄마 말 이해하고 명심하여 이제라도 네 마음의 변화가 새로운 힘으로 일어서기를 기도한다.

조금은 어린 나이에 네가 홀로 섰다는 것이 장하기도 가엾기도, 그저 뒤범벅이 된 감정의 변화 속에서 많은 시간들 떨림으로 보낸 삼 년 세월이다.

이 찬란한 세월을 어쩌겠니? 울고만 있을래? 아니지?

설령 네가 잘못한 것이 있다 해도 그것은 네 탓만은 아니고, 네가 홀로 서겠다는 것을 동의한 우리에게도 책임이 있단다. 그러나 우리는 너를 굳게 믿었기에 오늘 같은 시간이 가능했고 한편으로는 네가 바로 성장했다는 것에 대해서도 충분히 감사하며 지내 왔단다.

사람의 욕심이 끝이 없어 모든 걸 더 잘하라고 당부하지만,

진정으로 최선을 다했느냐는 것을 스스로에게 묻고 가야 한다는 것이란다. 이를 네가 받아들여 준다면 나는 보람이라 믿으며, 이를 바로 행복이라 하련다.

사람은 주어진 시간 앞에서 자기 생을 다해야 한다. 그리고 자신의 거울 앞에 비추어 볼 줄도 알아야 한다. 그렇게 마음을 다하고 나서 사람은 자기 생에 대하여 적이 없고 마음이 평안할 수 있다. 아울러 타인과 사물에 대한 감정도 긍정적으로 볼 줄 알게 된단다.

정아야, 엄마 말 알아듣겠니? 잘 이해하여 새기기를 두 손 모은다.

오늘도 네 마음속으로 내가 들어가 가슴 끝이 시리도록 네 생각하면서, 모든 것이 이해되기도, 가엾기도, 야속하기도 한, 그렇게 여러 갈래의 이해와 동요로 빗방울이었다가 햇살이었다가, 내 마음은 진종일 너를 안고 있었다.

정아야, 우리 훗날 이 모든 것들을 약으로 삼아 정한 길 바르게 생각하며 살아온, 눈물겹던 우리만의 산길에 대하여 추억하며 감사하자.

이 이야기들은 결국 우리가 만들고 있는 것이어서 함께 지고 가는 것이 아니겠니? 그 나누어진 짐은 분명 영혼의 신발을 신고 가는 아름다운 길이니라.

정아야, 비 온 땅이 더 단단하다는 말도 알지?

오늘도 네 진정한 하루 위해, 사랑하면서 건강하기 바란다.

엄마가

작은 부분들을 살아내야 하는… 이 년째 가을5

삶의 모든 것들은 지나고 나면, 아주 작은 모래알 같은, 그렇게 아무 것도 아닌 것같이 지난단다. 그런데 그 아무것도 아닌 것 같은, 바로 그 작은 부분들을 사람들은 살아내야 하고…….

한국 문학에 관해 네가 정리해 보낸 것과 함께 다시 정리해 보았다. 참고하렴.

사랑은, 연인에 대한 사랑과 부모에 대한 사랑, 그리고 나라 에 대한 사랑으로 구분해, 이에 해당하는 한국 시를 선택했다. 네가 다시 정리하면서 이해하면 된다.

이 부분은 구두시험뿐 아니라 시 공부하는 데에도 많은 도 움이 될 거야. 몇 번 반복해 읽어보면 무슨 뜻인지 알게 되고, 그래도 이해되지 않는 부분이 있으면 전화로 하자.

1) 사랑에 대한 일반적인 설명은 알아두는 게 좋다. 에로스 와 아가페에 대한 개념도 상식에 속하니 잘 파악해, 네 나름대 로 정리하기 바란다. 틈을 내 선생님과 아줌마와 혹은 친구들

과 대화로 문의하고 혹은 사전을 보며 이해하도록 하렴.

　2) 연인에 대한 사랑, 부모에 대한 사랑, 조국에 대한 사랑은 네가 이해하기 좋은 것을 선택하고 시간이 넉넉하면 다해도 좋겠구나.

　3) 마지막 『춘향전』에 대한 것은 고대소설 중 한국의 대표작이고 판소리로도 유명하니 참고하기 바란다.

　마음은 어떠니? 좀 나아졌는지 모르겠구나. 건강하고 안정된 마음으로 부지런한 생활하길 기도한다. 결과야 어떻든 부지런해야 한다는 것을 또다시 이른다.

　사람은 게으르기 시작하면 끝이 없단다. 게으름은 행복을 부를 수도 없으며, 편하기 시작하면 보람을 모른단다. 보람과 행복은 바로 본인 스스로가 만드는 것이거든.

　정아야, 포기하거나 마음을 접지 말고 끝까지 다하자. 그것만이 지금 우리가 함께 해야 하는 삶의 숙제라는 것을 명심하자.

　어떠한 것도 두려워하거나 겁내지 말거라. 삶의 모든 것들은 지나고 나면, 아주 작은 모래알 같은, 그렇게 아무 것도 아닌 것같이 지난단다. 그런데 그 아무것도 아닌 것 같은, 바로 그 작은 부분들을 사람들은 살아내야 하고, 늘 그 시간 앞에 굴복하는 것이란다. 결국 이렇게 자유로울 수 없는 시간들을 모아놓은 것이 바로 자신들이 쌓아놓은 소중한 삶이란다.

그래도 인생은, 걱정하며 고민했던 삶의 구구절절한 이야기가, 우리에게는 두고두고 그림자 같은 이야기로 남는단다. 그래서 나는 네게 일어나는 무슨 일도 이해와 꾸중으로 사랑할 수 있단다.

깊은 엄마 마음 헤아려, 진실한 삶의 자세로 오늘을 바로 하며 내일들을 기다리자.

너를 굳게 믿는단다.

추위에 감기 조심하고 건강히 잘 지내거라.

정아 사랑하면서,

엄마가

마음의 귀 또 잠시 회상

모든 것이 돈이면 다 된다는 세상이지만, 자식은 결코 돈만으로는 키울 수가 없다. 부모의 모든 것이 가슴으로부터 전달될 때 그 아이는 숨소리부터 다르다.

아이가 머무는 동안 IGCSE(International General Certificate of Secondary Education, 영국 대학 입시 자격시험), 한국 문학을 포함한 IB(International Baccalaureate, 영국 대학 입시 자격시험), 그리고 SAT, TOEFL(미국 대학 입시 자격시험) 등 제시된 과제들을 모두 시도하도록 권했다. 구체적으로 한 가지를 선택해 집중적으로 유도했다면 점수 올리는 데는 효율적이었을 테지만, 배우는 과정이 더 중요하다고 판단했다. 그것이 아이가 집중할 수 없도록, 또한 아이를 너무 힘들게 했다는 판단도 없지 않으나 경험과 시도와 의지란 것은 어떠한 것과도 바꿀 수 없는 거라고 생각한다.

시험이란 결국 인생의 고비마다 필연적으로 넘어야 하는 터널이다. 그 터널을 지혜롭게 통과할 줄 아는 것이 삶을 배우는

거라 생각했다. 그래서 넘어지더라도 일어서는 법을 가르치고
싶었다.

그것들은 인생이 지나고 나면 정말 별 게 아니기 때문이다.

상처가 났을 때를 생각해 보라.

처음에는 아프지만 딱지가 앉고 아물면 아무렇지도 않다.

결국 일을 당한다는 것들은, 이같이 인생에서 치르는 상처
같은 것이다.

물론 아이가 혼자 해야 할 과제들을 이곳에서나마 정리해
도와주었다. 이곳에서 겪어내는 고3 엄마의 절반쯤만이라도
그 고초를 자처한 것이다. 이것 역시 내가 아이로부터 배우고
가야 할 과정이었다.

아이가 어미로부터 배울 수 있는 공존의 자세이기도 했다.

모든 것이 돈이면 다 된다는 세상이지만, 자식은 결코 돈만
으로는 키울 수가 없다. 부모의 모든 것이 가슴으로부터 전달
될 때 그 아이는 숨소리부터 다르다.

우리 아이는 내가 얼마큼 어려운 시간을 내 편지 쓰는지, 그
리고 얼마나 성심껏 자신에게 마음을 주고 있는지 알고 있었
다. 바로 그 부분이 중요하다.

이제 몇 과목 시험을 남겨 두고 열여덟 살 마지막 겨울방학

에 우리에게 다녀갔다. 아이의 졸업은 1999년 5월에 있을 예정이었다. 나는 4개월 뒤에 열리는 졸업식에 참석할 수 있어 이 겨울은 혼자 돌아가도록 했다.

스스로의 남은 시간을 책임지게 되는 새로운 기회였다.

매학기 매년 영어가 달라지더니 열여덟 살이던 그해 겨울 유난히 익어 보였다.

그것은 독립의 그림자였다.

시냇물도 한강도 아닌 태평양에서 고향으로 살아 돌아온 연어가 아닌 금붕어로.

긍정적인 사고 _{삼 년째 겨울1}

긍정적인 사고는 삶을 건강하고 탄탄하게 한다. 그리고 그것이 건강한 삶이라고 믿는다.

잠결에 잘 도착했다는 소식을 듣고, 다 자라 우리 곁을 떠났구나 생각하며 쓸쓸해했다. 공항에서 돌아오니 네가 떠난 자리가 언제나처럼 허전하고, 마음 한구석이 꽉 막혀 무너지는 마음이었다. 이를 다스리려 서랍을 온통 뒤집어 정리했다.

네가 자던 이부자리는 치우고 싶지 않아 빨지도 않은 채 개켜두었다. 엄마 마음이 이런데, 네 마음은 어땠을까 싶어 네 머리를 쓰다듬고 쓰다듬었다.

정아야,

우리 이런 마음들을 간직해 사람들에게도 나누며, 서로 아껴주며 상대방의 마음을 읽어줄 줄 아는 그런 배려와 사랑으

---

* 1998년 겨울, 딸이 잠시 다녀간 뒤, 1999년 1월의 편지로 넘어간다.

로 살아가자.

엄마가 네게 자신감을 주지 못하고 꾸짖었던 기억이 마음에 걸려 반성했다. 마음 아팠던 기억들일랑 새해에는 다 잊어버리고, 좋은 기억들만 꺼내어 따뜻한 마음으로 지내거라.

네 노력과 정성은 하느님께서 기억해 주신다.

나는 너를 믿기 때문에, 믿어도 굳게 믿기 때문에, 그리고 네게 주신 능력도 알기 때문에, 이렇게 끊임없는 이야기를 주고 있단다.

믿음 속에서 희망과 용기로 네 오늘과 내일을 희망하거라.

늘 건강하고, 바르고 반듯하게 사고하는, 따뜻한 사람으로 성장하기를 기도한다.

긍정적인 사고는 삶을 건강하고 탄탄하게 한단다. 그리고 그것이 건강한 삶이라고 믿는다.

긍정적인 생각으로 우리들 삶을 사랑하자.

엄마가

피라미드의 기초 삼 년째 겨울2

피라미드를 보거라. 기초가 든든히 서 있지 않더냐. 만일 피라미드
가 거꾸로 세워졌다고 가정한다면, 언젠가 쓰러지지 않겠니?

이맘때쯤 우리가 독일에서 함께 살고 있었다는 생각으로,
마음이 몇 차례 뮌헨에 가 있곤 한다.

참으로 감사하고 소중한 시간이었지.

올겨울 함께 지내지 못하는 것이 못내 아쉽구나.

다음 학기는 대학원 이론 강의를 좀 잘해 보려고, 도서관에
서 책을 잔뜩 빌려다 놓고, 관계되는 논문도 찾아보고 있다.

시간이 흐르고 난 뒤에 사람들은 자기들 삶을 돌아보게
된단다. 어떤 사람은 인생을 잘 살았다고, 작고 부족하더라
도 감사하며 돌아보고, 어떤 사람은 해놓은 일이 아무것도
없다고, 후회와 통한 속에서 세상을 원망하고 자학하기도
한단다.

결국 엄마는 후자의 인생이 되지 않으려고, 앞에 주어진 일들을 풀어내며 살았던 것 같다. 그래서 이러한 삶의 자세를 너를 포함한 우리 학생들이 배웠으면 하면서 살았다.

그러나 때로 엄마도 부족한 점이 많아 돌아보며 늘 돌아보며 산다. 누구나 사람들은 모자라는 부분이 있다. 단지 그것을 깨닫느냐 깨닫지 못하느냐 하는 것이 중요한 것이란다.

많은 시간들을 사회 부패와 혼탁한 물결에 휘말리지 않으려고, 그래서 일을 만들거나 벌이려 하지도, 나서지도 않았을 뿐더러, 많은 부분 덮고 피해 온 길도 많다.

단지 엄마가 할 수 있는, 엄마가 해야 하는 일만큼만 건강이 허락하는 한 게을리 하지 않으려고 했던 것 같다.

사람에게는 자기 나름대로 주어진 능력이 있단다.

단지 그 능력의 범위를 게으름으로 잃어버린다면 그 인생은 후회와 회한으로 남는단다.

부디 부지런해야 하는 것에 지치지 말고 총명한 정신을 다시 굳게 하거라. 그리하면 새로운 의욕과 또 다른 용기가 재충전되어 언제라도 오늘을 받아들일 수가 있단다.

오늘이 다시 시작하기에 가장 적합한 시간이라는 믿음으로 새해 출발이 신선하기를 기도한다.

공부는, 진짜 공부는 대학에서 연구하는 학문일 수 있다. 물론 초등학교 6년 교육만으로도 사람의 기초 학문이 형성될 수 있으나, 정말 공부하고 싶으면 또 다른 기다림을 갖거라.

지금 네가 갈고 닦는 것들은 진짜 공부를 위한, 주춧돌을 든든히 하는 기초공사란다. 이 기초가 든든해야 건물이 바로 설 수가 있단다. 나는 네가 쉽게 쓰러지는 건물을 지어서는 안 된다는 논리 때문에, 한 소리를 반복한단다.

피라미드를 보거라. 기초가 든든히 서 있지 않더냐. 만일 피라미드가 거꾸로 세워졌다고 가정한다면, 언젠가 쓰러지지 않겠니?

네 많은 경험을 토대로 아주 근사한 건물을 지어보거라.

그 건물이 서는 날, 모든 네 아픈 이야기들도 반드시 금빛이 되어 날리라.

네가 공부하는 것이 신나는 인생인가는 스스로 판단한 뒤에 밀고 나가도록 하렴.

인생에 관해 생각할 줄 알면서, 나에 관해 물을 줄도 알면서, 스스로를 믿고 사랑할 줄 아는 사람으로 세상을 살아갈 수 있어야 한다.

네게 주어진 특별한 삶의 기회에 대해 또다시 감사하면서,

그 선택된 뜻과 의지를 직시할 수 있어야 한다.

　우리 함께 기다리자.

　건강하게 지내기를 당부하면서, 무릎 운동 열심히 하고 아
줌마와 한노 안부 부탁한다.

정아 그리는 날.

엄마가

인생의 홀로 길 삼 년째 겨울3

결코 인생이 쉽고 달기만 해서는, 하늘이 내려주신 인생을 다 배울
수가 없다.

잘 지내고 있지?

어느새 한 달이 지나고 다음 주말이면 구정으로 연휴가 길
게 있어 2월도 훌쩍 지나가고 있다.

무릎은 어떤지, 물리치료 계속하고 운동은 규칙적으로 하는
지, 마음으로 해낼 수 있다는 자신감을 잊지 말고, 잠자리에
들기 전에 밥 먹어야 한다는 의무감으로 명심하기 바란다.

무리 없이 잘 교정되기를 기도 속에서 굳게 믿고 있다.

주말에 일찍 일어나지?

게으르면 모든 생활이 재미없다고, 게으르면 모든 희망이
없어진다고, 게으르면 사는 것에 의미를 잃어버리게 된다고,
무엇을 하든 하루를 의미 있고 뜻있게 보내는 좋은 습관 터득

하기를 엄마와 약속했지?

이제 나는 더 잡아줄 수 없을 만큼 네가 성장하고 있기 때문에 모든 일들은 스스로 판단해야 한단다. 그래야 얻는 기쁨과 보람도 갑절이 되고 사는 것에 대한 의의를 스스로 깨우치게 된단다.

어느새 네가 훌쩍 성장해 있다는 생각을 하면 허전하기도 하고 든든하기도 하단다. 그 마음을 네가 알 수 있을까? 어쨌거나 혼자 지냈던 어려웠던 시간들을 바른 길로 걸어주어 고맙다.

네가 스스로를 지키며 값진 네 인생의 주인이기를 바란다. 네가 저만큼 멀리 서 있다는 생각을 하면 가슴이 서리서리 저며들어 잘려나가는 느낌이 들다가, 한편으로 네가 그만큼 홀로 갈 만큼 컸다는 사실에 잘리던 가슴이 줄줄이 붙는단다.

너는 이미 홀로 넓고 푸른 바다에 닻을 올렸고, 그 시작을 지켜보는 우리는 네 모든 아픔과 기쁨을 함께 나누며, 심지어는 네 잘못까지도 사랑할 준비가 되어 있단다.

인생은 바로 이런 거란다. 인생은 우리에게 주어진 많은 여러 가지의 기회들을 경험하고 인내하고, 때로 기뻐하고, 그렇게 많은 것을 끝도 없이 배우고 터득하는 것이란다.

결코 인생이 쉽고 달기만 해서는, 하늘이 내려주신 인생을 다 배울 수가 없다. 갑자기 훗날 네 삶에 대해 절절이 후회하며 스스로를 비관하고, 남의 탓만 하다가 세상을 등질까 봐 잠깐 걱정했다.

하지만 늘 올바른 생각과 판단력으로 세상을 바로 보고 네 인생 항로를 결정하리라 믿으며 사랑으로 지켜본다.

대학 지원은 어떻게 진행되고 있는지, 선생님과는 계속 의논하여 진행하고 있는지?

S대학에서 나온 점수 고맙다.

아빠께서 S대학에 999/969 점수 확인하시고 많이 좋아하셨다. 그리고 "이렇게 하면 다 되는걸." 하시며 못내 안타까워하시더구나.

상처를 주고받았던 우리, 서로를 용서하고 감사하자.

우리에게 네가 기쁜 선물 주어서 고맙다.

떨구지도 못한 채 맺혀만 있던 눈물 한 방울이 이제야 떨어졌다. 그것은 성큼 자라준, 네게 대한 보답이었다.

점수 자체보다도 네가 무언가 시도해 해낼 수 있었다는 사실이 감사할 뿐이었다.

그 대학에 가고 가지 않고는 그다음 문제다.

남녀공학을 원하는 네가 S대학에 시험을 본 것만으로도 순종이라는 걸 우리는 잘 안다.

그래서 그 자체만으로도 미덥고 고맙다.

아직은 열여덟 살 전이었으니까.

늘 건강하게 행복한 마음 지키면서 스스로를 믿고, 흔들리
지 말며 든든히 지내거라.

인생은 바로 이런 것이라고 말할 수 있도록 그렇게 마음에
월계수를 심거라.

오랜만에 훨씬 가벼워진 날아갈 듯한 좋은 마음으로 행복을
숨기고 있다. 고맙다, 기쁘게 해주어.

엄마가

새로운 도전 <small>삼 년째 봄1</small>

새로운 것에 대해 두려움보다는 호기심을 가져야 하는데, 이것이 비전이고 발전이란다.

정아야, 방금 전에 아줌마와 부활절 때 네 거처에 대해 의논했다. 아줌마 얘기를 들어보니, 너에 대한 배려가 깊고 섬세해서 무작정 고마웠다.

네가 서울에 오면 우선 우리한테는 좋으나, 오고 가느라 시간을 그만큼 잃어버리게 된다는 것이 아줌마의 생각이다. 나는 그런 아줌마의 생각을 십분 이해하고 있다.

그렇지만 네가 2주 동안 혼자 시험 준비를 한다는 것도 별로 바람직한 방법은 아니라는 생각이 든다. 그래서 의사 선생님(아줌마 친구) 댁에 가는 것을 권장하는데, 네가 집에 있는 것이 더 좋다고 생각하니, 엄마도 네 의사를 존중하고 싶다.

그러나 그러자면 네가 모두에게 마음이 쓰일 것 같아, 엄마는 아줌마의 배려를 받아들이는 것이 옳지 않을까 생각했단다.

아줌마는 네가 공부를 하다가도 누군가와 말을 할 수 있다는 것이 중요하다고 말씀하셨는데, 그 말씀에 엄마도 동의한단다. 그리고 무엇보다 새로운 환경이나 기회에 주저하지 말고 귀찮아하지 말고 흔쾌히 시도하거라. 그것이 삶을 개척하는 자세이니라.

네가 서울 못 오는 것도, 로젠하임으로 안 가는 것도 시간 때문이니 잘 생각해서 판단했으면 좋겠구나.

아주 모르는 선생님도 아니고…….

엄마 말 이해할 수 있지?

아줌마가 일본으로 떠나면 하루나 이틀은 집에서 지내고, 또 선생님 댁에서 일주일 보내다가, 아줌마 돌아오시기 이삼 일 전에 집으로 오면, 그럭저럭 시간이 훌쩍 지나갈 듯싶단다.

네가 낯선 집에 머무는 것을 내켜하지 않는 것은 이해하지만, 그것도 잘 받아들이면 좋은 추억되리라 믿는다.

엄마 말대로 해보자. 그래도 싫으면 다시 생각해 보자.

그런데 생각해 보니 네 습관 중에 나쁜 습관 한 가지가 떠오르는구나. 무엇이든 새로 시작하는 것에 대해 호기심보다는 두려움을 갖고 있는 것 말이다.

오히려 새로운 것에 대해 두려움보다는 호기심을 가져야 하는데, 이것이 비전이고 발전이란다.

음식을 편식하는 것도 그것과 똑같이 안 좋은 습관이란다.

아줌마가 오늘 다시 너한테 말씀하실 텐데 고집 피운다는 인상 아니었으면 좋겠다.

일단은 너를 위해서 제안하신 것이니 마음 편하게 받아들이렴.

미안하다. 엄마가 갈 수만 있다면 오죽이나 좋겠니?

네가 다른 집에 가고 싶지 않다는데 보내려니, 내 마음은 오죽하겠니?

어쨌거나 네가 마음을 바꾸어 즐거운 마음으로 간다고 하면 좋겠구나.

정아야, 마음이 많이 불편하면 서울로 오너라.

나도 네가 보고 싶다.

마음 편안히 건강히 지내거라.

늘 기도하면서, 늘 사랑하면서,

엄마가

네 마음이 향하는 곳으로 삼 년째 봄2

대학은 네가 가는 것이지, 우리가 가는 게 아니니까, 우선 네가 좋아야 하고 네 마음이 끌리는 곳으로 가거라.

엊그제 구기동 대부님 댁에서 다녀가셨다.

미국 대학에 경험이 적어 응시 원서를 너무 적게 낸 것을 안타깝게 말씀하셨다. 우리가 시행착오를 했구나.

정아야, 엄마는 학교에서 추천해 주는, 네가 정히 마음 내키는, 무엇보다도 네가 가고 싶어하는 대학으로 결정해도 좋다는 입장이다.

지금까지 응시 원서 낸 곳으로부터는 모두 연락이 왔는데, 지레 겁을 먹고 원하던 다른 대학에 원서조차 내보지 못한 것이 지금도 안타깝다 못해 미안하구나.

어쨌거나 주어진 과제 앞에 최선을 다했다는 것으로 위안을 삼는다. 어디로 가든 이제 끝난 일이니, 모두 잊어버리자.

그래도 우리는 네 곳 대학의 입학 허가서를 들고 어디로 갈까 고르고 있으니, 배부른 선택 아니겠니?

　괜찮아, 정아야. 대학은 네가 가는 것이지, 우리가 가는 게 아니니까, 우선 네가 좋아야 하고 네 마음이 끌리는 곳으로 가거라. 나는 절대적으로 네 편이다.

　잘 생각해서 판단하고, 선생님과 신중하게 상담하거라.

　그래, 이제는 시험과의 전쟁이 끝난 것 같구나.

　인생의 큰 전쟁 잘 치러냈구나.

　그래도 평소 모습 유지하면서 침착하게, 여유 있게 매사 성심을 다하기다.

기도하면서, 엄마가

한글과 문학 <small>삼 년째 봄3</small>

소중한 한글이란다. 5000년 찬란한 한국사에 빛나는 예술이 바로 한글이란다.

지난여름 너와 함께 만든 한국 문학 토픽을 다시 정리해 보았다. 그러니 과제 정리 네가 다시 수정하고, 네가 읽었다는 『위대한 개츠비』와 『욕망이란 이름의 전차』를 삽입해 다시 편집하면 좋은 보고서가 될 것이다.

엄마도 이것을 정리하면서 과제를 제출하는 기분이었다. 토픽의 주제는 내가 결정했다. 이 과목만큼은 내가 네 과외 선생이어서 나도 준비하느라 여기저기 찾고 묻고 나름대로 다시 배웠단다.

한국 문학을 선택하게 된 것은 아주 고맙고 의미 있는 일이다. 정말 잘한 선택이다.

방학 때마다 네게 들고 갔던 책들, 그래서 함께 이야기를 나누며 독서하던 시간들, 이 모든 기억들이 고맙고 소중하다.

우리 문화 가운데 가장 자랑할 수 있는 것은 우리 고유의 문자인 한글이다. 세계어는 많아도 고유한 문자를 갖고 있는 국가는 그리 많지 않다. 한글은 우랄 알타이어족에 속하는 한민족이 쓰는 언어로, 감각적이고 감정적인, 즉 표현이 풍부하고 묘사력이 뛰어난 언어다.

중국 문화의 다대한 영향으로 고대에는 한자를 사용했으나, 세종 28년(1446년)에 28자의 자·모음으로 선보인 훈민정음, 곧 한글은 우리 문화에는 더없이 소중한 유산으로, 세계 어디에 내놓아도 자랑스러운 보물이란다. 현재 이 훈민정음의 원본은 간송미술관에서 볼 수 있단다.

이 한글이 얼마나 좋은 건지, 얼마나 소중한 건지 알지? 한글이 있어 오늘 우리가 이렇게 마음을 담은 표현들을 나눌 수 있으니, 이 얼마나 고마운 일이니? 정말 소중한 한글이란다. 5000년 찬란한 한국사에 빛나는 예술이 바로 한글이란다.

엄마가 정리한 것들, 여러 차례 독해해 일전에 갖고 있던 것들과 함께 네 방식대로 재정리해 보거라. 시험은 네가 써내는 것 중 어디서 출제될지 모르니, 완전히 이해해야 한다. 집중해 열 번 이상 읽고 또 읽으면, 반드시 이해되고 몰입된다.

잘할 수 있지? 너를 믿는다.

엄마가

인생의 황금기 삼 년째 봄 4

매일이라는 '오늘'에 충실하자는 의미기도 하다.
바로 그것은 내일을 위한 오늘을 사는 것이니까.

정아야!

공부는 한평생 하는 것이다. 단지 학문하고 싶은 마음과 방향만 결정되면, 언제라도 원하는 곳에서 공부할 수 있는 조건과 만 가지의 선택권이 네게 주어져 있다.

그 사실을 믿고 잘 판단해서 네 문제를 신중하게 결정하기 바란다.

엄마는 5월 전시회를 기획하느라 분주하고, 아빠께서는 4월 국제 학술회의를 개최하시느라 바쁘시구나.

인간에게는 무엇보다도 인간적인 삶의 과정과 인성이 중요하다고 생각한다.

늘 명쾌한 마음으로 밝고 편안한 성격 주신 하느님께 감사하면서, 네 미래를 붙들고 갈 수 있도록 네 의지와 판단력이 성숙하기를 기도한다. 단단한 마음으로 남은 시간도 네 인생의 자존심을 지키기 바란다.

인생은 이렇게 훌쩍 지나는 것이니 잘 살았다 해도 허무한데, 잘못 살았다고 후회하고 뒤돌아보는 번뇌는 자신을 비참하게만 만들 뿐이다.

시간은 정말로 덧없이 훌쩍 도둑맞은 듯이 지나간단다. 앞으로의 네 시간은 더없이 빠르게 흘러갈 것이고, 아마도 인생의 황금기 같은 대학 4년도 물 흐르듯 지나갈 것이다.

뜻있는 하루하루를 성심으로 공들여 보내거라.

그러나 그중에도 중요한 것은 건강이다.

정아야, 한국 문학의 마지막 시험에 참고하자.

시는 어느 장르보다도 인생의 무게와 깊이를 말해 준다. 그래서 시는 생각을 많이 요하는 어려운 장르란다.

그래도 네가 이 어려운 한국 문학을 택함으로써 훗날 웃을 일이 반드시 있을 것이다.

네 모국어 실력은 중학교 2학년 과정에서 멈추어서 이렇게 한국 문학을 택하지 않는다면, 영어와 국어의 언어 균형이 이루어지지 않는단다.

우선 모국어부터 완전해야 외국어의 비전도 가능하고 무엇보다 언어에 대한 자신이 생기게 되는 것이란다.

그래야 글을 쓸 수 있는 힘이 생긴단다.

그래서 한국 신문도 구독하도록 한 것이다.

잘못하면 한국어도 영어도 초급 수준을 벗어나지 못하고, 그저 말만 유창할 뿐 속 빈 강정 같은 단계에 머물게 된단다.

결국 그것으로는 학문을 바로 연구하기가 곤란하게 되는 것이란다.

반드시 네 모국어를 고급 수준으로 끌어올려야만 학문이 가능하다는 사실을 절대 명심해야 한다.

엄마가 보내준 시에 대한 이론을 몇 번 읽고 또 읽으면 많이 도움이 될 것이다. 설령 한 번도 읽지 못한 시가 출제되었더라도 시의 일반적인 논리를 적용하여 잘 비유하면 될 것 같다. 크게 범위를 넘어 이탈하는 일은 없으므로, 마음을 담담하게 먹고 자신을 가지거라.

읽어보지 못한 모르는 시가 나오더라도 절대로 당황하지 말거라. 문제를 빈 지면으로 처리해서는 안 되니, 보내준 시의 본질과 내용을 잘 기억해, 최소한 그 논리에 조금씩 접근하여 문제를 풀어나가면 될 것이다.

그동안 네가 시에 대해 준비한 것만으로도 일반 개념을 잡기에 충분하니 자신감을 가지고 잘 맞춰 쓰면 실수가 없으리라 생각한다.

시를 해독할 수 있는 깊이가 생활의 사고력에도 도움이 되어 네게 권했는데, 너무 어려운 것이 아니었을까 걱정도 했다. 그런데도 잘했다는 판단이 든다.

어렵고 중한 시험들이 다 지났는데도 계속 붙들어야 하는 이유는 끝까지 최선을 다하자는 자세이다.

매일이라는 '오늘'에 충실하자는 의미기도 하다.

바로 그것은 내일을 위한 오늘을 사는 것이니까.

과정과 마무리는 똑같이 중요하다.

한국 문학, 그동안 정말 고생 많았다.

그만큼 보람이 있었으리라 믿는다.

틈내어 다시 또 편지 쓰마.

잘 지내자.

엄마가

아름다운 그리움 _{삼 년째 봄5}

무엇이었어도 감사한 4년 반! 하느님 고맙습니다.

3월 학기초가 정신없이 지나가고, 4월 전시회 준비하느라 또 한 달 정신이 없었고, 감기 몸살이 두 달이나 머물렀던 이번 학기 이렇게 다 지나고, 시간은 정말 바람 같구나.

너도 그동안 시험 치르느라 고생했지? 잘한다고 믿고 싶고, 자랑하고 싶고, 네가 가진 그릇만으로도 근사한 딸이라고 노래했다.

어쨌든 자식은 부모에게 희망이고 기쁨이고 보람이거든. 그리고 그것이 삶 중에 한 부분 크고 작은 행복이지. 이는 세상의 모든 부모에게 진리처럼 같은 마음이란다.

자식은, 뭔가 모를 우리 삶을 끌어주는 힘의 역할이 있다고 생각한다.

사람들은 지나간 좋은 추억과 함께 자신의 마음이 행복해지고 있다는 사실을 느끼면서, 다시 살고 있는 것이 아닐까, 생각했다.

지나간 값진 좋은 시간들은 인간들이 스스로 노력하여 일구어낸 산물이고, 그것에 대한 좋은 추억이나 그리움 같은 기억들은 인간들을 행복하게 하며 감사하게 만드는 것이다.

아름다운 그리움 같은 좋은 기억들을 정아야, 네 의지로 만들어가기를 기도한다.

그리고 그것을 수채화 같은 그림으로 영혼의 신발을 그려보거라. 그 마음이 바로 아름다운 길을 향하는 행로니라.

엄마가 몇 가지 준비시키려고 하니까, 하나씩 메모했다가 정확하고 확실하게 처리하기 바란다.

1) 미국 대사관에 전화해 비자 받을 때 필요한 것이 무엇인지 문의해 보고 준비해라. (중요한 상황이니 반드시 네가 물어서 확인하고 확실하게 알아두어야 한다. 엄마가 해주어도 좋겠지만, 앞으로는 대사관 등의 행정들을 네가 완전히 혼자 해야 하기 때문이다. 연습과 경험을 쌓는다고 생각하고 해보거라.)

2) 미국 대학에 즉시 연락해서 비자 받을 때 필요한 서류 보

내 달라고 해라. 그리고 등록금 낸 후에라도 TOEFL 17점 첨가하면 장학금 되돌려 받는지도 확인하여 두어라. 그리고 짐을 미리 미국으로 보낼 경우에 누구 앞으로 보내야 하는지 학교 사무처에 문의해 확실히 알아두어라.

3) 엄마가 출발해서 돌아오는 시간이 빠듯하니 졸업식에 초대하는 분들한테 미리 연락해야 한다. (1번과 2번, 3번은 한시라도 급하게 오늘 중으로 처리하기 바란다.)

4) 우리는 함께 서울 귀국하는 것으로 6월 6일 비행기표 준비하거라.

5) 엘리자베스 아줌마한테 안부 전하고, 맡겨놓은 한복은 아저씨 출퇴근 편에 받을 수 있도록 미리 챙겨놓아라.

6) 미국으로 잠멜 포스트(Sammelpost, 이삿짐 보내는 우편) 보내려면 어디로 연락해야 하는지 전화번호 미리 알아놓아라. 엄마가 도착하면 시간이 모자랄 것이다.

7) 컴퓨터, 팩스는 모두 이태리에 주고 간다. 그리고 물건은 한국으로 올 것, 미국으로 갈 것, 사람들한테 줄 것, 한국 문학 책, 나름대로 생각해서 구분해 두거라.

책은 MIS 학교보다는 뮌헨 대학에 한국학 부서 혹은 성당 한글학교가 어디인지 찾아 기증하는 것이 좋을 듯싶다.

이것도 아줌마와 상의하거라.

가능한 한 물건들은 긴하게 쓸 곳이 있는 사람들 보이면 미런 없이 모두 나누어 주고 가거라.

네가 그곳에서 잘 지냈다는 사실만으로도 줄 데 있으면 모두 주고 싶구나. 책과 의복 정도로 아주 긴요한 필수품만 챙기고 나머지는 필요로 하는 사람 만나면 모두 선물하거라.

8) 아줌마 집 창고에 엄마 그림 올려다 두어라.

이번에 엄마가 서울로 가져와야 하고, 아줌마를 비롯해서 고마운 사람들에게 일부 선물하려 한다.

9) 시간 나면 치과에 가서 치아 점검하는 것 잊지 말거라.

10) 미국의 여름학교에 대해 선생님과 상의하여 도움을 받았으면 한다.

11) 레오폴드 스트라쎄 은행에 가서 내역서 확인하고 신분증 가지고 가서 받아 오기 바란다.

12) 교수님 댁에도 26일부터 6일까지 그 사이에 엄마가 연락드린다고 해두어라.

13) 압멜덴(Abmelden, 거주 완료신고) 서류는 엄마가 체류허가 파일에 끼워놓았으니 찾아서 기록해 두거라.

14) 노트와 책은 차근히 앉아서 버릴 것 버리고 챙길 것 챙겨 정리해 보거라.

엄마가 우선 생각나는 대로 적었는데, 하나씩 표시하면서 꼼꼼히 챙기거라. 앞으로는 이 같은 일들이 모두 네 몫이란다.

그러니 엄마가 거들어주는 마지막 수업을 잘 받도록 하거라.

엄마가 네게로 가면 어느 때보다 바쁜 시간이 된다.

차분히 앉아 4년 세월 생각하고 정리하거라.

너무 풀어져 돌아다니지만 말고 중요한 일을 정리한 뒤에 틈내서 마음 식히고 헤어짐에 대한 것도 준비하거라.

규칙적인 습관은 어느 때도 잊지 말거라.

생각나는 대로 15번부터 다시 적어 보내마.

젖은 머리 빗어 내리는 마음으로, 정신을 다듬어 확실하게 일을 처리하는 책임감 명심하거라.

앞으로 모든 일은 네가 판단해서 하나씩 정리하고 떠나야 하는 시간들이 계속된다.

부디 좋은 습관으로, 실수 없도록 수첩에 하나하나 표시하고, 적어 보낸 것 참고하여 엄마가 말하지 못한 것까지 네가 찾아 빠짐없이 예쁘게 정리하고 일어서거라.

그리고 네 방 양탄자 바꿔 드리고 나올 예정이다. 네가 들어갈 때 아줌마가 네 방에 새로 깔아주신 양탄자, 네가 너무 지저분하게 썼다는 느낌을 지난여름에 받았다. 미리 바꾸고 싶어도 네가 다시 더럽히는 것이 염려되어 못 바꾸었다.

새로 해드리련다. 아줌마 눈치 채지 않게 양탄자 가게 들러 보고 지나다 똑같은 거 발견하면 예약해 두렴.

274

아, 이렇게 그레펠핑 생활을 끝으로 네 4년 반의 조기 유학 생활이 막을 내리는구나!

　일 년 반은 우리와 함께, 일 년 반은 총장님 댁에서, 그리고 일 년 반은 마르티우스 박사님 댁에서, 참으로 감회 깊은 세월이었다.

　이 많은 시간들, 마음에 새겨지고 얼룩지기도 한 이 고마운 시간들을 정리하고 떠나기에, 네 가슴은 벅차오를 것이다.

　때로는 떼어지지 않는 발걸음도 있으리라.

　바로 그것이 사람이 남기고 가는 자리니라.

　내가 도착하면 정말 시간이 없다. 네 4년 반의 생활을 정리해야 하는 일부터, 최소한 인사 나누어야 할 주변 사람들을 떠올리니 줄을 섰구나.

　더욱이 네 뒤를 늘 함께해 준 엄마의 두 친구는 이태리에서도 올 듯싶다. 미안하여 초대 못하고 시간 때문에 이태리에 들르지 못한다 했더니 그곳 식구들 모두 올 듯싶다.

　마음을 선물하겠다는 바로 그 마음이 참으로 고마웠다.

　축하는 이렇게 받을 수 있어야 진정한 축하일 것이다.

　정아야, 도처에 이 같은 만남을 심어두거라.

　이런 시간들 참작하여 너는 미리미리 친구들과 나누어야 할 우정 챙겨 작별해 두고, 네 개인적인 정리들까지 미리미리 마음으로 정리해 두거라.

마음 붙들어 매고 지금부터 차근히 하거라.

건강하자.

이로써 네 4년 반 독일에서의 10대 의지와 자유의 성장이 막을 내리는구나.

정아야, 감사한 마음으로 무릎을 꿇자.

무엇이었어도 감사한 4년 반! 하느님 고맙습니다.

안덕벌 연구실에서,

엄마가

내 영혼의 신발 _{회상 5}

> 홀로 머물던 그 시간, 순간들, 그 세월들을 나는 우리에게 신비한
> '야생화보석'이었다고 칭하고 싶다. 쉽게 찾기 어려운 숨은 보석 같은
> 시간이었으리라.

4년 반, 그중에도 홀로 지낸 3년 동안 딸에게 보낸 편지는,
바로 앞 장에서 끝났다. 앞으로 남은 페이지들은 대학 일 년,
날개 달아 보내기 일 년 전까지의 이야기다.

그 세월, 그 끈적끈적한 모성애의 젖줄 같은, 지칠 줄 모르
던 아이를 향한 어미의 소리, 우리 가정에 합당하게 어울리는
참교육으로 자라게 하려던 부모의 의지, 어느 유혹도 떨칠 수
있던 나의 의지, 지난 3년 홀로의 시간 앞에 선 10대의 자유와
의지 앞에 나는 아무 미련도 바람도 없다.

그렇다고 모든 것이 뜻한 대로 이루어졌다는 것은 아니다.
단지 내 아이가 갖고 있는 그 능력과 노력만큼만, 그리고 그
것만으로도 반드시 그 아이에게 할 수 있는 일과 기회를 충분

히 주신다는 신념으로, 내 아이의 얼굴을 안고 '감사'할 수
있었다.

　진정한 두 무릎, 하늘을 향해 꿇고 있다.

　때로 잠들다가 일어나 앉아 촛불을 켜보기도 했고, 밖에 나
가 밤하늘을 헤아리기도 했고, 청주 안덕벌 연구실에서 밤늦은
창으로 스미는 아카시아 향과 함께 밤불 밝히기도 했고, 잠자
다 일어나 아이의 어린 사진첩을 들추어 여행하기도 했고, 지
나온 따뜻한 그림들 들여다보며 추억하다가 위로받기도, 위로
하기도 하고…… 그렇게 많은 날들이 시간을 따라 흘러갔다.

　그해 5월, 아이에게 가는 내 손에는 기내용 손가방조차도
없었다. 또 다른 기분이었다.

　도착하니 산적한 짐, 부족한 시간으로 밤새워 짐을 묶어야
했던 기억, 돌아가며 작별해야 했던 좋은 사람들, 졸업식장의
이색적 풍경과 함께 초대된 지인들의 감사, 그중에 만들어낸
하루를 업고 작별 소풍으로 감사했던 이태리 친구의 방문, 그
리고 마르티우스 박사님 댁에서 베풀어준 가든파티…… 모두
잊을 수 없는, 한 가지도 마음이 닿지 않는 것이 없었던 기억
들 앞에 지금도 가지런한 마음이다.

1999년 5월 31일, 모래알 같은 시간들의 결실을 뒤로 한 채 아프고 저리고 행복했던 삶의 모음집 같은 기억들을 싣고 서울행 비행기에 올랐다.

얼마 만에 아이와 함께 탄 비행기였던가. 그렇게 눈물로 타고 내리던 비행기 옆 좌석에는 가슴에 추억을 안고 나르던 아이가 지친 얼굴로, 그래도 훨씬 편안하고 든든한 얼굴로 앉아 있었다.

아이가 홀로 머물던 그 시간, 순간들, 그 세월들을 나는 우리에게 신비한 '야생화보석'이었다고 칭하고 싶다.

쉽게 찾기 어려운 숨은 보석 같은 시간이었으리라.

어느 것 하나도 놓치지 않을, 그렇게 기뻤거나 슬펐거나 행복했거나 아팠거나, 우리에게는 하나같은 마음으로 다른 것을 생각할 수 없는, 수평 같은 시간들이었다.

조금은 긴장되고 사랑스럽던 기억들이었다. 저리고 시렸던 아픔들마저도 지금 우리가 떠나는 이 자리에서는 모두 곱고 아름다운 그림자들이었다.

그 그림자들을 밟으며, 내 영혼의 신발을 신고 아름다운 길을 향하여 바로 서본다.

그 좋은 우리 곁에 많은 사람들, 그 좋은 우리 곁에 많은 이야기들, 숨은 보람으로 배우고 다니던 굽이굽이 여행길, 신선하게 초대된 국외 전시의 기회들, 끝없이 새롭던 배움의 기회들, 개인전을 비롯해 우리 문화를 알릴 수 있었던 민간외교의 기회들……, 그리고, 그리고 찬란한 10대의 자유, 이 모든 것들에 대해 사랑하며 감사했던 순간들, 이 모두의 꿈같은 영광을 우리는 누구를 무엇을 위해 되돌릴 수 있을지…….

그것은 삶의 빚이다.

반드시 세상으로 되돌려 보내 주어야 한다.

나는 오늘 아이에게 바로 이것을 가르치려 한다.

사회와 세상을 위해 무엇이라도 좋은, 단지 일할 수 있는 힘으로 세상을 크게 보라고.

그래서 세상이 필요로 하는 사람이 되고, 이로써 자신의 인생이 앞으로의 길을 간다고…….

그리고 그 길이 바로 영혼의 신발을 신고 떠나는 아름다운 길이라고.

열아홉 살, 대학에서 삼 년째 가을 1

19년 동안 우리에게 크고 작은 많은 기쁨을 주어서. 이 기쁨에 슬픔까지 동반해 오늘들 있어 왔다. 사람은 바로 이 오늘이란 시간들을 쌓고 사는 것이다.

귀국하여 며칠 여독을 풀고 이내 학기가 피돌기를 하면서 네 생일이 9월 달력을 메우고 있다. 무엇으로 축하해 줄까, 어떻게 기쁘게 해줄까, 근사한 생각만 하다가 특별한 생각을 못한 채 스웨터 하나 보낸다.

마음이 섭섭해 마음을 보내는 것이니 따뜻하게 입어주면 좋겠구나.

대학 생활이 고등학교 생활과는 많은 변화가 있어 출발을 힘차게 하라고 이르고 싶다.

체력이 받쳐주지 않으면 절대로 공부가 되지 않으니 시간을

---

* 이후 아이의 무대는 날개 한쪽만을 달려 미국으로 보냈던 1999년 9월, 대학교에 입학하고 나서부터이다.

내서 수영을 규칙적으로 하면 좋다.

무엇보다도 건강해야 공부도 즐겁게 된다. 건강 유념하거라.

생일에 맞추어 이 스웨터가 네 몸에 입혀지면 좋겠구나.

함께 축하하지 못해 허전하지만 좋은 하루로, 또 한 장의 하루를 만들어보렴.

벌써 4년째 네 생일과 아빠 생신을 우리가 함께하지 못하는구나.

어느 날, 우리 함께 축하할 수 있는 날, 그날조차도 나는 특별한 선물이라 상상해 본다.

네가 벌써 열아홉 살, 우리와 함께 살아온 세월이 20년, 엄마 직장 생활이 19년, 이제 머지않아 네게 양쪽 날개를 달아 보내려는 각오가 생기고 있다.

그러면서 엄마도 이제 다시 새 날개를 다는 마음으로, 2000년 새해부터는 무언가 달라지는, 새 마음으로 시작해야지 준비하며 다스리고 있다.

고맙다. 19년 동안 우리에게 크고 작은 많은 기쁨을 주어서. 이 기쁨에 슬픔까지 동반해 오늘들 있어 왔다.

사람은 바로 이 오늘이란 시간들을 쌓고 사는 것이다.

너희들의 세계는 이미 넓고 깊고 크다. 잘 응용하고 활용하면 큰마음으로 보폭을 넓게 걸을 수 있을 것이다.

반드시 신선한 많은 감정들이 솟으리라.

19 years old.

Happy birthday to you.

엄마가

아름다운 길 _{삼 년째 가을 2}

그 궁금한 마음은 믿음에 대한 보람이기도 했다가, 철학이기도 했다가, 웃음이기도, 눈물이기도 했다가 한편의 시가 되어 환하게 날아가곤 한다. 그래서 네 아픔까지도, 눈물까지도 감사한다.

가을이 넘어가는 계절이구나.

어느새 날씨가 추워졌다.

시간이날 때면 무슨 생각하다가, 문득 '네가 곁에 있었으면' 하고 마음이 더 추워지기도 한다.

늘 그렇게 지내고 있지. 엄마는 네가 바쁘게 지내고 있는 것 같아 고맙게 생각한단다.

늘 밝고 감사한 마음 잊지 않으면서 생각하는 사람으로 살고 있지?

이즈음 무슨 생각을 하며 지내고 있는지?

대학이라는 곳이 네 마음과 생각을 어떻게 변화시키고 있는지? 가까이에서 네 생활을 볼 수 없는 사정이 어느 때는 궁금하다가, 그 궁금한 마음은 믿음에 대한 보람이기도 했다가, 철학이기도 했다가, 웃음이기도, 눈물이기도 했다가 한편의 시가 되어 환하게 날아가곤 한다. 그래서 네 아픔까지도, 눈물까지도 감사한다.

훗날 네가 어미의 마음이란 것을 느낄 줄 아는 좋은 기억에서 추억으로 읽힐 수 있으리라. 그래서 그 마음의 뿌리는 사랑이 되고 덕으로 남는 아주 넉넉한 사람으로 아름다운 길 가는 사람이 되렴.

선뜻 찬 기운이 가슴에 닿아
또 한철 네 절기가 가누나.
마음에 부딪쳐 가는 생각들은
다친 맨발로도 좋다고 온 누리 헤매다가
미소 담은 신발 신고서
잊어버린 상처는 영혼을 부르는
한편의 시로 나른다.
환하게, 하늘 향한, 아름다운 길로,

훗날, 훗날, 아주 머―언 훗날
눈에서 빛나던 웃음과 방울방울들은
뿌리내린, 가슴속에

씨 다시 뿌리며

덕을 매단 가지들은

넉넉한 참사랑 나무에 글자를 매단다.

'영혼의 신발'이라고…….

한 둥지의 먹이를 구하러 나는 어미 새의 마음으로 따뜻함을 잃지 않도록 하자. 어쩜 이러한 것이 삶이고, 자연으로부터 인생을 배워야 한다는 생각도 들었다.

세상이 너무 개인적이고, 황량한 벌판에 뿌려진 모래알 같아서 사람들에게 정이 잘 가지 않는다.

인생은 그렇게 쉽게 함부로 생각해서는 안 되는데, 요즘 세상은 모두 곤두박질치듯 뛰어만 가는, 그렇게 쉽게 결과만 보고 뛰는 세상으로 보여 서글플 때가 있다.

친구와 어떻게 지내니?

역시 스위스에서 온 친구니? 네 친구도 보고 싶구나.

친구가 네 인생을 바꾼다 해도 과언이 아니니, 좋은 친구 만나 네 인생의 좋은 벗으로, 그리고 친구에게도 좋은 네가 되어, 서로 마음 붙들어 줄 수 있는, 슬기로운 벗들이기를 바란다.

늘 말했듯이 친구는 everybody nobody라 했다. 알지?

늘 사랑하는 마음으로 보람과 기쁨 동반하면서 잔잔히 웃음
짓는 진정한 삶을 기도한다.

따뜻한 마음으로 너를 다시 그려본다.

엄마가

부지런하다는 것은 삼 년째 가을3

결국 어떤 모습이든 인간에게는 죽는 날까지 할 수 있는 나름대로의 일이 있다. 그래서 그 일을 위해 부지런하다는 것은 아름답고 신선한 가치라 생각한다.

네 이메일을 받으면 기분이 아주 좋다.

일전 짤막히 써 보낸 전혜성 박사님을 뵌 이야기 받았지.

예일 대학 교수로 계시며, 일본과 한국, 그리고 중국, 동아시아에 대한 문화 연구에 관심을 두고 일하신다.

지금 이 시대에 누군가 반드시 움직여야 하는 일이라 생각했다.

인생이 다 그렇다지만, 오늘 내게 주어진 일들에 대해 나이를 불문에 붙이고 사는, 정열적인 모습은 보기에도 느끼기에도 좋은, 그렇게 사람들에게 무언가를 남겨주는, 삶이 신선한 그림으로 다가오더구나.

결국 어떤 모습이든 인간에게는 죽는 날까지 할 수 있는 나름대로의 일이 있다.

그래서 그 일을 위해 부지런하다는 것은 아름답고 신선한 가치라 생각한다.

네 한글 편지가 많이 좋아졌구나.

엄마도 ˮIf honesty is the best policy, why does truth hurt?ˮ 잘 생각해 보마.

점심 다녀와서

"정직한 것이 가장 최선의 정치라면, 왜 진실은 상처받아야 하는가?"

이는 정치가 주는 실망이 인간에게 확실하다는 것을 전제한다. 정치는 정직할 수 없다는 왜곡된 말을 남기며, 현실은 정치의 비정한 실정을 드러내는 것이라 생각된다.

결국 인간의 생활 그 자체가 정치적인 원소로 잔재해 있다고 할 수 있다.

때문에 사람들의 경우, 많은 거짓과 허구로 신용을 잃을 때 그 사람을 정치적인 사람이라고도 한다. 이는 사람에 대한 신뢰와 가치를 잃은 부정적인 표현이기도 하다.

엄마는 위의 문구에서 그래도 정직을 바탕으로 하는 정치가

역사를 기록하는, 미래를 약속하는 정치의 지름길이라 믿고
싶다. 또한 이 진실로 인한 상처는 훗날 언젠가 빛을 발하리라
고 믿는다.

오늘이 존재한 미래를 기약하고 싶다는 말이다.

어려운 구절이지만 언제든지 너와 대화할 가치가 있다고 생
각한다.

지금 우리 사회의 정치는 너무도 극한 상황에서 거짓과 위
선과 배신으로 얼룩진 암울한 풍경이구나.

훗날 네 세대가 사는 사회는 훨씬 나아져야만 하는데…….

엄마는 요즈음 아시아적 가치라는 허구 문화에 대한 견해로
논문 초고를 잡고 있다.

21세기 과제라 생각하며, 아시아적 가치에 대한 허구성에
조금은 부끄러워하고 있다.

이 자료 저 자료 들추며 인터넷에 들어가 보고 있다.

잘 지내.

맑은 날, 가을이 익은 연구실에서,

엄마가

원만하다는 대인 관계는 삼 년째 가을4

　사람은 사람과 좋은 관계로 만나고 남겨져야 하지만, 우리가 살아야 했던 사회는, 오히려 모두 원만하게 지내는 대인 관계가 의심스러울 때가 많았다.

　겨울이 성큼 다가오고 있다.

　시간은 밀레니엄의 새 세기를 향해 바삐 향하고 있구나.

　너무도 빠르게 급변하는 세상을 의식하면서 정보화 시대에 286이라는 낡은 컴퓨터의 두뇌를 갖고 살아내고 있다는 사실이 실감나게 숨 가쁘다.

　네가 사는 획기적인 586 최신형 컴퓨터 두뇌로 변해 버린, 정신없이 빠르게 흐르는 사고와, 그 세대를 따라 살기에 몸과 마음이 버거워지는 엄마 세대와는, 그 간격을 최소화하고 조화롭게 하는 것이, 오늘 우리 모두가 슬기롭게 해결해야 하는 과제라는 생각을 했다.

　가끔 너와 대화가 엉기면 어떻게 풀어가야 할지 막막할 때가 있다. 그리고 어느새 네가 성큼 컸다는 압박감으로 조심스럽기까지 했다. 너는 아니었다 해도…….

더욱이 어려서 서양 문화에서 살았기 때문에 동서 문화에 대한 차이도 조금은 있는 것 같았고, 가끔씩 광범위하고 객관적인 입장에서 네가 잘 소화해 준다고 안심하기도 했다.

대학 생활에 들어선 네 생활을 전혀 볼 수도 없고 듣는 것도 너로 한정되었다. 그래서 내가 너를 확실히 믿고 있다는 사실이 가끔 어느 순간 불안해한다는 순간이 없지도 않다는 고백을 해도 될까. 자식이어서…….

어느 시대를 어떻게 살아내도 부지런하고 의미 있는 무언가를 할 수 있다는 것은, 자신이 자신을 믿어도 되는 선택된 인생이란다.

네 삶의 선택에 대해, 그리고 네 모든 말과 행위들에 대해 확신을 갖거라. 그렇게 하면 무엇도 괜찮으니라.

떠나오기 전에 다음 학기 등록금 고지서 챙겨오너라.

떠나기 전까지 한 가지라도 정성껏 스스로 앎의 깨우침을 터득하다 오거라.

친구 모두에게 인사를 나누고 부디 모든 사람들과의 관계, 엄마 닮지 말고 슬기롭기 바란다.

너는 이미 많은 노하우를 엄마를 보며 배웠으니까 분명 현명한 대인 관계를 소유하리라.

사람은 사람과 좋은 관계로 만나고 남겨야 하지만, 우리가 살아야 했던 사회는, 오히려 모두 원만하게 지내는 대인 관계가 의심스러울 때가 많았다.

그러나 정아야, 세계가 변하고 있다.

네 세대는 한국도 분명히 달라지리라는 확신을 갖고 있다. 좀 더 투명해지지 않고는 세계에서 살아남을 수 없는, 존재할 수 없는 어떤 요소가 반드시 있기 때문이다.

어쨌거나 네 원만하고 무던한 성격을 믿는다. 그래야 활달하고 건강하게 갈 수 있다. 많은 사회 참여와 아울러 사람들과 편히 지내야 함은 자명한 이치다. 이를 엄마는 이미 알고도 포기했을 뿐이다. 엄마 몫까지 모두 아빠에게 지우고…….

아마도 이제는 네게까지 나누어 지게 하려나 보다.

대신 엄마는…… 너에게 아주 감사한 마음이다.

우리 곁에는 좋은 사람들이 많이 있다는 걸 명심하거라.

너를 통해 또 생각했구나.

늘 건강하고 맑게 지내자.

엄마가

앎이란 시계 속으로 _{회상 6}

> 아무것도 아닌 건데, 아주 단순한 것이 인생인데, 그러다 어느 날 인간은 흔적도 없이 틀림없이 가고 마는데, 왜 아직도 깨닫지 못해 작은 삶에 무너져 사는가.

유럽에 익숙해 있던 나는 도시 미국이 낯설어 정들지 않는 황량한 벌판같이 버겁기만 했다. 그래도 다행히 아이는 만족하여 그곳 생활에 쉽게 적응하는 듯싶었다.

아이가 다니는 대학을 처음이자 끝으로 방문하던 1999년 7월 여름, 조용한 숲에 자리한 150년 된 건물도, 대학 안에 새로 지은 현대식 성당도, 심지어 불편해 보이는 기숙사까지도 아이는 마음에 든다 했다.

그러나 나는 아이의 룸메이트가 본국 학생이 아니고 외국 학생이라는 것도, 공동 샤워 시설에 작은 방에 작은 옷장까지…… 걱정을 물리치지 못한 채 돌아서야 했다.

그해 다시 두고 떠나올 때 조금 다른 마음이긴 했어도 흔들리는 가슴은 역시 갈대밭이었다.

이틀 뒤에 예정된 입학식을 못 본 채 나는 대학으로 와야 했다. 그것이 역시 우리의 끝나지 않는 안타까운 생활이었다.

그때는 늘 고아 같은 이상한 느낌이 내 온 마음을 지배했다. 이 느낌은 아마도 아이가 시집가더라도 같은 심정일 터이므로 좀 굳어지자고 가슴을 쓸어내렸다.

귀국하여 다시 정신없는 일상으로, 사는 것에 매달려야 했다. 그러다 문득 내가 오십을 살아내고 있다는 걸 실감하면서, 세기의 끝자락에서 무엇을 생각하는지, 2000년 새해 출발을 이대로 보내도 되는 건지, 나에게 묻지 않을 수 없었다. 가다가 가끔씩 숨 막히는 소리에 내가 놀라면서, 조금씩 사람 사는 하루들에 대해 묻다가, 많은 시간들을 한강 물 바라보며 보내버린 시간 앞에서, 마음이 힘들어하는 것을 깨닫기 시작했다.

그것이 뭐였을까? 그것을 다시 산다는 것으로 해석해도 좋을까?

가슴에 바람 이는 것을 알기 시작한 나는 앎이란 시계 속으로 되돌아갔다.

아무것도 아닌 건데, 인생은 정말 아무것도 아닌 건데, 아주 단순한 것이 인생인데, 그러다 어느 날 인간은 흔적도 없이 틀림없이 가고 마는데, 왜 아직도 깨닫지 못해 작은 삶에 무너져 사는가.

사는 것을 다시 반복해 물으며 사는 것을 찾으려 했다.

어떻게 시작해야 하는 건지, 그 많은 사람들의 수많은 꿈과 일들, 그 틈에서 분명 다시 용기를 내어 움직여야 하는 건지, 아니면 그저 조용히 살아지는 대로 살고 지는 건지.

나는 무언가 바꾸고 싶은, 최소한 내가 잠들고 깨어나는 공간에서 내 시야의 하늘만이라도 볼 수 있는 곳으로 옮겨 앉는 물리적인 변화로부터 시작했다.

그래서 어느 날 불현듯 한 마음으로 고무신을 신고 나선 영혼은 강변이 찬란하게 보이는, 집 한 채를 안은 시작으로 2000년 첫날의 시작을 계획했다.

예기치 못했던 집의 운명은 이듬해 더 넓은 하늘과 한강을 볼 수 있는 아주 근사한 곳으로 옮겨주셨다. 하늘이…….

2000년 첫날을 우선 이러한 시작으로 다시 살자 했다.

2001년 내가 이 근사한 집으로 옮겨 앉은 첫 번째는 '오늘'을 살자는 이유에서였다.

사람들은 모두 내일을 미래를 위해 발돋움하고 있다. 그러나 발돋움하여 온 미래가 바로 오늘인데도 사람들은 그 오늘을 모른 채 살다 간다.

두 번째는 무엇을 더 얻자고 온 것이 아니라, 마음에서는 무언가들을 버리고, 조용히 살자고 온 거였다.

그 이유는 우리를 잘 아는 분들은 알리라.

내 생의 오십 고개에 들어서야 하늘은 나에게 확실한 오늘을 살라는 기회와 깨우침을 주셨다.

그래서 주저하지 않고 한강이 찬란한, 그리고 멀리 인천 바다 노을까지 보이는, 동서남북으로 청계산, 관악산, 북한산, 남산으로 둘러싸인, 63빌딩과 원효대교는 90도 직각에, 강변 북로는 곡선의 이등변 삼각형으로, 한눈에 아름다운 구도, 그리고 다섯 평의 작은 꽃밭까지 주신 이 강변에서, 다시 오늘을 살자 했다.

여전히 반짝이는 강물에 눈을 묻으며 오늘들이 씌어지고 있었다.

우리들의 미래는 바로 오늘이다.

정년 후 무엇을 할까, 구태여 생각한 적도 생각할 필요도 없다. 일을 할 만큼 하고 났다면 정년을 맞아도 그에 합당한 일이 있으리라. 무슨 일이어도 좋은 일이.

단지 하루를 나태하지 않는다면 그 일이 무엇이어도 하리라. 밭을 갈고 흙을 일구어 흘린 땀의 결실은 모두 소중한 것이리라.

이제 50대 중반에서 미련도 두려움도 없이 삶을 정리해 가는 마음이다.

산 것도 중하겠으나 산 것을 어찌 마무리해야 하는가는, 산 것만큼 중하다는 생각으로 지배되었다.

보다 신선한 의미 있는 시간을 알고 싶다.

다만 건강이 허락하는 한 하늘이 주시는 일이라 느껴질 때 무엇도 할 수 있으리라.

*

대학에서 한 학기를 마치고 귀국한 딸의 생활은 우리가 들여다볼 수가 없었다. 보려 하지도 않았다.

이는 이미 자신의 삶을 책임지고 가야 하는 열아홉 살의 삶이었다.

그렇게 하얗게 마음을 비우고 비상의 날개를 주리라.

그러면서 진정한 자유가 뭔지 스스로 깨닫도록 하리라.

바로 이 겨울 성탄방학을 지내고 아이는 인도양이 아닌 태평양을 건너갔다. 여느 때 같으면 독일로 따라 들어가 아이의 살림을 보거나 냄새를 맡으며, 나는 그동안 딸의 생활이 어떠했는지 공간과 공기만으로도 느꼈다.

어느 때는, 내가 정리해 놓고 온 것들이 그대로 있는 것은 말할 것도 없거니와, 내 향수가 느껴진다 하여 물건 하나 만져 보지도 닦아보지도 않은 채, 먼지가 소복이 쌓여 있는, 자리바꿈 하나 하지 않은 채 그대로 놓인 것들을 보면 가슴이 뭉클 파도가 밀려오기도 했다.

아이에게 청소할 때 먼지 닦는 것을 가르치며 아이 생활을 읽을 수 있었다.

그러나 이제 대학 기숙사로 들어간 아이의 생활은 물리적으로도 볼 수가 없다. 뿐만 아니라 이제는 날려 보내야 할 지점에서 나는 주먹을 펼까 말까, 손안에 남은 날개 한쪽을 의식하며 아이의 자유를 그림으로만 그려보고 있다.

날려야 하는데, 날려 보내주어야 하는데…….

이 시기 2000년 새해 아침을 하늘이 보이는 강변으로 옮긴 실천으로 시작하여, 전망에 반해 다시 살아보자고 억지를 부렸던 기억이다. 그러나 훗날 사회는 이 순수한 억지마저 다치게 하고 말았다.

물을 바라보다가 시작된 시간들은 더러 책임 없이 흐르기도 했다.

지난겨울부터 머물던 시간들과 함께, 생각 중에 이것저것들이 잘 열려지지 않아 스트레스로 앓기도 하다가, 학교 갈 무렵

개강 병이라는, 감기 몸살의 생병을 데리고 출근했다.

새 봄을 이르는 푸른 움틈에서 어언 아픔이 사그라질 때쯤 무언가 몹시도 꿈틀대는 삶의 정기 같은 것을 느끼고 있었다.

살아보자고, 살아보자고, 마음을 열어가고 있었던 것 같다.

그 마음이 바로 21세기 디지털을 붙들기 시작한, 새 작업의 명상이고 영상이고 환상인 자연과 영혼의 시도였으며, 이 "영혼의 신발"을 다시 붙들게 한 용기였다.

마치 절간에서 뛰쳐 나가는 사람같이.

그것은 새로운 변화였다.

1999년 섣달 그믐날, 강물 위로 하염없이 터지는 찬란한 불꽃을 마주하면서 불꽃 인생의 그림자를 밟아보고 있었다.

불꽃 피우는 환상의 꽃망울이 정신없이 터지면서 다시 시작하라고, 새 시작의 아침을 이르고 있었다.

이름 모를 한강 변 풀꽃들, 이 자연들이 그렇게 내 폐부로 밀치고 들어와 삶의 소중한 한편 조각들을 산책길에서 줍고 가게 했다.

아,

그러고도 걸음이 남았다면,

그 분방한 걸음은 누구를 위하여,

다시 무엇을 위하여…….

가거라, 바쁜 걸음아.

숨쉬는 걸음으로 그렇게 그냥 지치지만 말고 조용히 가거라.

삶은 이렇게 자연과 숨쉬며 영혼을 찾아 헤매는 것이니,

삶은 그냥 소리 없이 피어내는 것이니,

가슴아, 불꽃같이, 숨은 불꽃같이…….

이즈막 내가 무릎 꿇는 허심한 자세로 돌아가면, 느껴지는 사람들의 기도가 있었다. 그것은 주변의 좋은 사람들이 서로를 기억해 주는 기도였다.

그 기도들의 은덕으로 오늘 우리는 이렇게 무탈하다.

그래서 사는 것은 되돌림으로 되돌아간다.

■ ■ 에필로그 ■ ■

신뢰‥하늘이시여,

신뢰 <small>사 년째 봄1</small>

사람이 누군가로부터 신뢰받을 때, 사람의 길을 바르게 갈 수 있는, 바로 그 길도 아름다운 길이 아닐까 믿는다. 그리고 그 사람이 바로 행복한 사람이다.

새 학기가 봄이라는 것을 실감케 했다.

시작하는 학기에는 강의에 충실해 보려고 마음을 모아보는데 엄마 생각대로 잘될지는 기다려봐야겠다.

세상이 너무 급변하고 있다는 중압감이 이상하게도 오래 머무는가 싶다. 엄마도 극복하려고 노력하고 있다.

부활절 방학을 보람 있게 보냈으면 좋겠다.

잘 연구하여 의미 있는 시간이 되었으면 한다.

철학을 해도 좋고, 시를 몇 편 지어보아도 좋고, 글을 써보아도 좋고, 책을 열 권쯤 읽어도 좋고, 어쨌거나 조용해진 캠

---

* 2000년의 시작을 우리와 함께하고, 서울을 다녀간 뒤 딸에게 보낸 편지를 마지막으로 열어본다.

퍼스에서 지내야 하는 이번 기회를 의미 있는 네 시간으로 만들어보거라.

빈틈 없는 습관으로 신뢰받을 수 있는 사람이기를 바란다.

"신뢰를 쌓기는 어려워도 허물기는 쉬운 것이라고, …… 신뢰는 자기 자신에 대한 책임의 정체성이라고……."

이 말은 며칠 전 신문에서 읽은 어느 대학교 총장님의 졸업사 내용이다.

그렇다. 사람은 사람을 신뢰할 수 있어야 하고, 사람은 사람으로부터 신뢰받을 수 있어야 한다. 사람이 누군가로부터 신뢰받을 때, 사람의 길을 바르게 갈 수 있는, 바로 그 길도 아름다운 길이 아닐까 믿는다.

그리고 그 사람이 바로 행복한 사람이다.

학기를 시작하면서 지금까지 네게 용기를 주었던 마음들을 엄마가 돌려받고 싶은데, 줄 수 있겠니?

우리 끝도 없이 삶이란 것에 대해 물을 줄 알면서, 시대에 적응할 수 있는 능력도 아울러 키우며, 부여받은 환경과 조건에 감사할 줄도 알면서, 그렇게 고마움을 아는, 사랑할 줄 아는 넓은 사람으로 비행해 보자.

가끔씩 좋은 칼럼이나 기사를 보내 주고 싶은데, 수시로 이

용해도 좋은 팩스 번호를 알려다오.

언제 방학이 시작되고 개학하는지 정확히 알아야 이곳에서
계획을 잡을 것 같구나.
연락을 기다린다.
방학에 독일 전시 일정으로 엄마 출국 예정이 있고, 아
빠께서도……, 서로의 시간에 맞추어 움직이려 한다.

좋은 생각으로 바른 생각하면서 건강하고 성실하게 지내자.
늘 사랑하면서, 늘 기도하면서.
규칙적인 운동 명심하고 건강관리 해야 한다.
건강은 건강할 때 지켜야 한다고 했다.

엄마가

하늘이시여, 회상 7

　그러니까 바로 이 역사적인 날, 드디어 나는 무언가 쥐고 있었던 내 주먹이 스르르 풀리고 있다는 것을 느꼈다. 날개, 바로 그 의지와 자유의 날개를 아이의 양어깨에 서슴없이 매달아 날려 보낸 것이다.

　아이는 대학 일 년을 마치고, 철저히 혼자 기숙사 살림을 꾸렸다. 그리고 2000년 여름방학을 지내러 우리에게 왔다.

　도착하자 로이터 서울 지사를 찾아 지사장 앞으로 직접 메일을 보냈다. 놀랍게도 40분 만에 걸려온 지사장과의 즉석 전화 인터뷰를 통해 아이는 다음 날부터 하루에 여덟 시간씩 두 달 동안 근무를 했다.

　이 교육이 바로 그동안 우리가 투자한 독립적인 자세였다. 철저하고 완벽하게 혼자 판단하고 혼자 선택한 일이었다.

　그때 마침 집에 내가 있었기에 알고 있다.

　혼자 자신의 일을 결정했다는 것, 혼자 이 방학의 시간을 설계했다는 사실이 고마웠다.

새로운 경험을 배우고, 돈을 벌어 스스로 꾸려야 하는 인생이 얼마나 어려운가도 터득하고, 직장에서의 책임이 얼마나 무서운지 아이가 첫 날은 점심까지 굶고 긴장했다고 했다.

그 8주는 아이에게 참으로 유익한 시간이었다.

주로 뉴스를 위해 취재한 내용들을 영문으로 번역하는 일이었는데, 당시 김대중 대통령이 북한을 방문했던 2000년 6월 남북 정상회담 때의 일로 매우 좋은 경험이었다.

그리고 남은 방학 한 달은 영국 뉴캐슬에서 CISV 단장으로 어린이 국제 여름 캠프를 마치고 돌아왔다.

그곳은 아이가 열 살 때, 그러니까 꼭 10년 전에 한국 어린이 대표로 참가했던 적이 있었다.

1990년 그때, 이미 아이는 10년 후 오늘을 약속했다.

그런데 바로 2000년 여름에 실천한 것이다.

아이에게는 10년 전 그날도 10년 후 이날도, 같은 도시, 같은 장소에서 꿈같은 추억으로 감격해 마지않았다.

작은 소망을 이룬 따뜻한 행복이었던 것으로 기억된다.

2000년 여름, 아이에게 있었던 시간들은 실로 값진 경험으로 감사한다.

아이가 영국에 있던 이 여름은 나에게도 좋은 시간이었다.

전시 일정으로 독일 중부 프로이덴베르크 산속, 평화로운 들판에서 들꽃과 함께 하염없던 시간들, 그리고 낭만주의 어머니라 불리는 튀링겐 숲을 따라 동독을 여행하던 때였다.

그해 8월 15일 전시를 개막해 놓고 17일 귀국해 아이와 19일에 만나 이틀 담소하고 의지하다가 21일 미국으로 돌려보냈다.

그러니까 바로 이 역사적인 날, 드디어 나는 무언가 쥐고 있었던 내 주먹이 스르르 풀리고 있다는 것을 느꼈다.

날개, 바로 그 의지와 자유의 날개를 아이의 양어깨에 서슴없이 매달아 날려 보낸 것이다.

근사하게 비상하는 그림을 그리면서…….

서울에서 함께 지낸 이틀은 날개를 달아 날려 보내기 위한 서막으로 서정적이던 기억조차 지금은 떨림으로 숨차다.

이 여름, 2000년 이 여름, 나에게, 혹은 우리 식구 모두에게 홍역을 치러야 했던 여름이었는지도 모른다.

아이에게는 날개를 달아 보내면서, 그리고 우리는 우리들의 날개를 다시 꺼내어 보면서.

하늘이시여, 이 여름 우리와 더불어 기억했던 모든 이들에게, 늪으로부터 아직도 일어나지 못하는 아픈 이가 있거든 힘으로 세우소서.

이 아름답던 여름, 내 아이만이 아닌 우리와 더불어 사는 모든 이에게 용기를 허락하시고, 용서되지 않는 부분까지도 모두 용서하소서.

인간에게 잘못이 있다면 무엇이 얼마나 있으오리까.

그리고 하늘이시여, 이 선택의 모든 뜻들을 허락하소서.

작은 풀 한 포기, 우리와 같은 인생에게도 그 의미가 있거늘, 부디 모두에게 삶의 날개를 달게 하시고 여유로 삶을 느끼게 하소서.

그리고 부디 그 삶의 여유를 힘으로 끌어안게 하소서.

하여 그 힘이 사랑인 것을 알게 하소서.

조금 달라진 마음으로, 그리고 조금은 밝은 마음으로 2000년 새 천년을 변화로 맞았다. 그리고 각자는 아무 일도 없었던 듯 각자의 일터로 돌아갔다.

자신들의 삶의 자리에서 각자의 날개들을 찾아 달고 힘 있게 다시 날아보자 했다.

날개의 진정한 책임들을 동반하자는 말없는 약속들을 굳게 하면서, 굽이굽이 인생의 구름 위를 혹은 눈보라 속으로 또는

햇빛 찬란한 하늘을 향하여 이미 서로들은 비상을 시도하고 있었다.

자연과 영혼이 어우러지는 길을 따라,
접어두었던 날개를 꺼내어 다시 나르는 꿈을 환상하면서,
실제 삶의 자연으로 나를 안고 가,
그 안에 심을 수 있던 작은 영혼들에 매달려,
삶을 사랑하고 기도하면서,
자연으로 다시 또 돌아가 앉는 꿈길에서,
물과 산과 들의 영상으로 가슴마디마다 고색창연하게 물들이며,
숨겨진 영혼들이 머무는 신비의 환상 숲을 걸었다.

얼마 후 삶의 그림자들이 늘 그러했듯이 태엽을 감아야 하는 찰나적인 순간에 나는 다시 목이 말랐다.
삶은 바로 이러한 멈추지 않는 시간들이, 공간 속에서 물 같은 흐름으로 정리되는, 오늘 같은, 바로 오늘들이니, 그 오늘들 앞에 삶은, 모래 물결이 하염없는 반복으로 쓰다듬어 이르듯, 삶의 물결은 사랑하라 이르고 있다.
삶은 자연과 영혼을 불꽃으로 태우면서 사랑하는 일을 배우는 것이리라.

한결같은 삶의 물결로.

2000년 여름 아이는 양어깨에 두 날개를 단 역사를 남기고 뉴욕의 맨해튼빌 컬리지로 돌아갔다. 그 뒤 곧바로 아이에게 보내진 편지가 바로 이 책의 첫 장 첫 페이지로 시작된 것이다.

작가 후기

"……공부하고 돌아와 대학에 봉사……."

30년 전, 당시 이화여자대학교 총장이셨던 김옥길 선생님께서 하신 이 말씀은 유학 시절 나에게 성경이나 다름없었다. 내가 선생님을 뵙게 된 직접적인 계기는, 1973년 이화여자대학교(《이대학보》 500호 특집) 문학상 공모에서 중편소설 「회귀(回歸)의 신락(神樂)」으로 대상을 수상하면서였다.

12년 전, 내가 모교인 이화여자대학교로 자리를 옮긴다는 소문이 청주 북문로까지 퍼져 난처했던 적이 있었다. 당시 청주대학교 부교수로 재직 중이었는데, 그 무성한 소문은 한때 나를 지치게 했다.

이러한 소문의 고리와 함께, 내밀던 유혹의 손길을 뿌리치고 나는 아이와 함께 해외 파견 교수 길에 올랐다.

그리고 그때는 이미 어떠한 권유나 유혹은 내 삶의 영역 밖이어서 아무런 미련도 갈등도 일지 않았다.

돌이켜보면 내 영혼을 붙들 수 있는 유일한 출구로 선택한 독일행이 오늘 이 "내 영혼의 신발"을 신게 한 운명이 된 것이다.

이화여자대학교 미술대학 1호 유학생(귀국년도 1979년 1월)이었던 나는 모교를 다른 식구들에게 근사하게 넘겨주고, "아버님, 죄송합니다."라는 아픔을 안고 서울을 탈출했다.

뮌헨에서 맞게 된 또 다른 삶, 다양한 스펙트럼을 가지고 살아가는 넓은 세상에서 나에게 또다시 새로운 기회들이 허락되었음을 깨달았다. 그것만으로도 나에겐 충분한 위로였다

물리고 뜯길 일 없는 타향에서, 20여 년 전 유학했던 그 도시에서, 내게 주어지는 기회들을 소중히 여기며 겸손하게 붙들고 다녔다.

돌아보면 기회는 돌고 돌다가 반드시 돌아온다는 게, 살면서 터득한 '섭리'였다. 그리고 그 기회가 오늘 내 아이의 운명을 바뀌어 걷게 한 동기라고 고백할 수 있겠다.

전화위복이었다고 말하고 싶다.

그때 나는 참말로 하늘의 섭리를 느끼듯 만져보듯 그렇게 받아들이며 고마워했다. 지금은 그 기억들이 쌓여 세 잎(행복) 혹은 네 잎(행운) 클로버 같은 향수다. 가끔씩 네 잎 클로버를 찾아볼 수 있는 마음이 삶의 여유고 사랑이리라.

삶의 결을 이루던 사연들은 하나같이 그림이고 시가 되어 가끔씩 가슴에서 물결친다.

다 버리고 싶던, 그런 뒤에 새 삶의 기회들이 도처에 있었다는 것, 바로 살면서 깨닫게 되는, 즉사즉생(卽死卽生)이란 의미였다.

그렇다. 사람은 아주 작은 이유나 기회가 사람의 운명을 바꿔놓는다. 그러나 그 어떤 경우더라도 사람에게는 그만큼의 합당한 다른 일들이 우주가 돌 듯 회전한다고 알고 있다.

무엇이 좋고 나쁘고, 무엇이 정당하고 부당한지는 어느 누구도 정확한 답을 내릴 수 없다.

확실한 것은 내 삶의 전부를 버렸다고 생각했을 때도 여유를 가질 수 있었다는 사실이다.

이제 기억의 뿌리들을 찾아 내 삶의 편린들을 내보이는 것은 어떠한 개인의 역사라 해도 왜곡되어서는 안 된다는 신념이다.

70년대 홍익대학교 대학원과 관동대학교 강사를 비롯해, 나에게 삶의 뿌리를 심어준 모교, 이화여자대학교 그리고 26년 동안 내 일터였던 청주대학교, 지금 이 시간에 내 인생의 반생을 묻은 대학들에, 진정으로 무궁한 발전을 빈다.

감사의 글

이 글은 이미 딸에게 준 선물, 이 선물을 포장하여 치악산 상봉을 외로움으로 마주하고 누우신 선친께 올립니다. 그리고 아흔을 넘기신 어머니와 그 어머니를 모시고 4대가 왕래하는 오라버니 댁에 이 기회를 빌려 만복을 기원합니다.

끊임없이 내 일을 사랑해 준 아이 아버지와 산 세월 27년, 그 세월에도 보냅니다. 그리고 아버님 어머님, 27년 전 뵙지도 못하고 시집온 둘째 며느리, 큰 절 올립니다.

아이 보호자로 노고해 주신 한스 차허(Dr. Hans Zacher) 총장님 댁, 구드룬 마르티우스 폰 하르더(Dr. Gudrun Martiusvon Harder) 댁, 30년 우정의 두 엘리자베스(Dr. Elisabeth Calosi-Lucci, Dr. E Mallinger-Lamm)와 굼펠(Prof.

318

Gumpel) 교수, 원(Dr. Kube Won) 선생님 댁, 남 박사님 댁, 아이 친구의 어머니 캐스린 듀스만(Mrs. Cathrine Duessmann), 아이 친구 안토니아(Antonia), 앤젤라(Angela), 엘레나(Elena), 아이의 학교 선생님 요크(York), 카이저(Kayser), 안나(Anna)……. 그리고, 그리고…… 헤아릴 수 없는 주변의 좋은 분들께 진심으로 감사를 드립니다. Ich danke sehr herzlich.

이 책의 출간을 축하하며 추천의 글 주신, 늘 한결같으신 차범석 선생님, 32년 전 첫 방문했을 때의 그 댁을 지키고 계신 나영균 선생님, 그리고 친구 같은 최영 선생님, 머리 숙여 감사드립니다.

그리고 끝으로 『내 영혼의 신발』 읽어주신 민음사 대표이사님을 비롯해 모든 편집 식구들, 감사합니다.

2005년 12월, 강변에서

이미재

생각하는 엄마는 강하다 <small>추천의 글 1</small>

차범석(극작가, 대한민국 학술원 회원)

당대의 고승 월하(月下) 스님이 남긴 글 가운데 '진수무미 (眞水無味)'라는 글귀가 있다.

참다운 물에는 맛이 없다고 쉽게 풀이해도 무방하리라. 그런데 사람들은 그럴수록 물맛이 다르기를 원하고 그것을 찾아 나선다. 그래서 방방곡곡에 약수 아닌 게 없고 그 흔한 물장사도 치부를 할 수 있는 기막히게 편한 세상이다.

그런데 여기 자라나는 딸에게 보낸 편지를 소중히 모아두었다가 한 권의 책으로 엮은 분이 있다. 그것도 드문드문 쓴 것도 아니고, 기분 내키는 대로 쓴 편지가 아니다.

1996년부터 2000년까지 일기를 쓰듯, 타관에 있는 어린 딸에게 보냈던 편지다.

젊은 엄마들도 힘든 일이 편지 쓰기요, 펜을 잡는 게 주사 바늘 꽂기보다 싫다는 여성들의 습성일진대, 그토록 지속적으로 딸에게 편지를 쓸 수 있는 일이란, 누구나 할 수 있는 것은 아니다.

나는 이 원고를 읽어가면서 또 다른 하나의 세계를 보는 것 같은 경이로움과 내가 여성에 대해 알고 있는 상식이 그 얼마나 좁고 얕고 달콤했던가를 낯뜨겁게만 느껴졌다. 이 세상에는 내가 모르는 세계가 그 얼마나 많은지 모르겠다.

한 엄마가 자라나는 외동딸에게 쏟아 부을 수 있는 사랑의 양을 그 무엇으로도 짚어낼 수는 없다. 그것도 멀리 타국의 하늘 아래서 고독과 불안과 때로는 우울의 늪에서 허우적거리는 딸에게 하고 싶은 얘기야 바닷가의 모래알보다 많겠지만, 그토록 조리 있게 정성 들여 꼭꼭 깨물어 먹이는 이유식처럼 입에서 입으로 넣어주는 사랑을 어디서 또 찾을 수 있겠는가.

"인간은 돈도 명예도 심지어 자유까지도 잃어버릴 수가 있다. 그러나 지식, 사람의 머릿속에 든 지식만큼은 잃어버릴 수도, 세상 누구도 빼앗아갈 수 없다는 게 엄마의 신앙이다."
"어느 날 문득 내가 50 중반을 살아내고 있다는 현실을 실감하면서, 다시 나를 향해 묻지 않을 수 없는 마음이다. 가다가 가끔씩 내 숨소리에 놀라면서, 사람의 하루들을 물어본다. 그 물음은 다시 산다는 계속으로 의미해도 되겠다……."라는 이 교수의 글이다.

예로부터 여자는 약하지만 어머니는 강하다고 했다.

나는 어딘지 핏기가 없어 보이는 이미재 교수의 외견과는 달리 그 내면에 흘러내리는 뜨겁고 짙은 선혈의 흐름이 느껴지는 것이다.

눈을 감고 있지만 마음의 창은 언제나 열려 있고 입은 다물고 있지만 사고(思考)는 혈류(血流)처럼 쉬지 않았을 이 교수의 예술과 학문과 가정, 그리고 시공(時空)을 넘어서 지구의 끝에서 끝으로 넘나들던 과거의 궤적에서 여성이 아닌, 한 지식인으로서의 무게와 깊이를 느낄 수 있었기에 나는 주제넘은 글을 쓰게 된 것이다.

『내 영혼의 신발』은 이미재 교수의 시적인 산문집이 아니다.

오늘을 살아가는 지식여성에게 되묻는 생활철학이기에 언제까지나 소중하리라 믿는다.

사람이 왜 사는가보다 더 기본적인, 딸을 왜 사랑하는가를 묻고 있기 때문이다.

영혼이 영혼에게 하는 이야기 추천의 글 2

나영균(전 이화여자대학교 영문학과 교수)

『내 영혼의 신발』은 하나의 소설처럼 읽히는 책이다. 열다섯 살 어린 외동딸을 교육 때문에 독일에 남기고 돌아서야 했던 사연을 테두리로, 따로 떨어져 지내는 동안 어머니가 느끼는 애절한 마음이 내적 독백처럼 이어지고 있다.

그 독백은, 그러나 감정을 분출시키는 대신 극도로 억누르는 가운데 어머니의 영혼이 딸의 영혼에게 꼭 전하고 싶은 말들을 담고 있다. 억압된 감정은 누르는 압력을 튕기는 힘으로 독자의 마음을 친다. 차가워 보이는 글귀에서 뜨거운 마음이 배어 나온다.

어머니는 공부 이전에 인간이 될 바탕의 중요함을 이르려고 한다. '생각의 터를 넓게 잡을 것', '인간관계와 인정의 소중함을 알 것' 등이다. 그런 다음 '지혜롭게 여유를 갖고' 지식을 추구하면 그 지식은 자신의 인생을 바르게 끌어주는 수레 바퀴가 될 수 있고 그럴 때 교육은 가치를 지닌다고 어머니는 일러준다.

어머니의 말은 한 개인의 테두리를 넘어 현 사회의 실태와 교육의 현주소를 비판하고 있다. 그리고 우리 사회에서 아이들이 인간적으로 지적으로 감성적으로 성장해 가기가 얼마나 어렵게 되어 있는가를 간접적으로 지적한다. 그래서 개인의 편지로 시작한 이 책은 우리 사회 혹은 인류 보편의 문제를 부각시킨다.

이미재 교수의 글을 읽고 추천의 글 3

최영(이화여자대학교 영문학과 교수)

이미재 교수가 딸에게 보내는 이 편지 묶음은 한 어머니의 진솔한 자기 성찰이다. 한국의 어머니들이 으레 가는 길을 갈 뻔했던 이 어머니는 독일 땅에서 홀로 서기를 원한 사춘기 딸의 선택을 존중한다. 그리고 험한 바다로 나룻배를 띄워 보내 듯 자식을 품안에서 놓아버린다. 그 대신 그 자식이 하나의 잘 자란 나무처럼 크도록, 새로 돋아나는 날개로 멀리 창공을 날 수 있도록, 어미 독수리의 냉엄한 관찰과 판단, 그리고 따뜻한 가슴으로 자식을 보듬고 격려한다.

이 교수의 편지는 자식을 바르게 키우려는 어머니의 의지와 신념이 들어 있다. 자식을 사랑하되 그를 하나의 인격체로 받아들이고, 자식에 대한 무조건적인 신뢰와 사랑이 그 어떤 가르침보다 자식을 올바른 길로 인도한다는 믿음, 자식에게 사회와 인류에 도움을 주는 존재가 되어야 한다는 가르침은 모든 부모가 알고는 있지만 실천하기 어려운 덕목이다. 그런데 이 교수는 나태하지 않으려고 부단히 노력하는 자신의 끊임없는 삶을 통해서 이를 자식에게 몸으로 가르친다. 이 편지들은 어쩌면 자식의 성장을 통해서 스스로도 거듭 새로워지려고 노력하는 한 어머니의 고해성사이기도 하다.

어머니의 진실된 마음이 고스란히 담긴『내 영혼의 신발』을 통해 편지 쓰기가 유행했으면 하는 마음으로, 가까운 사람들의 영혼이 동화되어 서로 안아주라며, 이 한 권의 책을 추천해 본다.

내 영혼의 신발

딸에게 주는 편지

1판 1쇄 찍음 • 2005년 12월 5일
1판 1쇄 펴냄 • 2005년 12월 10일
지은이 • 이미재
편집인 • 박상순
발행인 • 박맹호, 박근섭
펴낸곳 • (주) **민음사**

출판등록 • 1966. 5. 19. (제16-490호)
서울시 강남구 신사동 506 강남출판문화센터 5층 (135-887)
대표전화 515-2000 • 팩시밀리 515-2007

www.minumsa.com

값 15,000원

ISBN 89-374-2555-6 03810